CONVENTION NATIONALE.

APPEL NOMINAL

Qui a eu lieu dans la séance permanente du 13 au 14 avril 1793, l'an deuxième de la République française, à la suite du rapport du comité de Législation, sur la question : Y a-t-il lieu à accusation contre MARAT, membre de la Convention nationale?

IMPRIMÉ PAR ORDRE DE LA CONVENTION NATIONALE, ENVOYÉ A TOUS LES DÉPARTEMENS ET AUX ARMÉES.

Département de la Meuse.

MOREAU, oui.
Marquis, absent.
Tocquot, oui.
Pons : J'étois absent pendant le rapport : je ne l'ai point entendu ; je ne saurois donc voter en conscience sur le projet de décret qui le termine, comme juré d'accusasion.
Roussel, oui.
Bazoche, oui.
Humbert, oui.
Hermand, absent.

Département du Morbihan.

Lemailliand, absent.
Lehardi, oui.
Corbel, oui.
Lequinio, absent.

Audrein, oui.
Gillet, absent.
Michel, oui.
Rouault, oui.

Appel nominal. A

Département du Mont-Blanc.

Blanmain, oui.
Duport, absent.
Gremry, oui.
Darquof, oui.
Corelli, absent.
Marlin, absent.

Département de la Moselle.

Merlin, absent.
Anthoine, absent.
Couturier, absent.
Hentz, absent.
Blaux, absent.
Thirion : Je déclare à la Convention qu'en ma qualité de représentant du peuple, et pour faire usage de la liberté des suffrages, qui ma été déléguée par mes commettans, je ne désempare pas de cette tribune, que je n'aye motivé mon opinion. Comme, dans cette étrange affaire, les principes et les formes les plus sacrés de la justice et de la raison ont été oubliés ou violés; comme l'acte énonciatif des griefs articulés contre un de nos collègues, un des représentans du peuple, n'a pas encore été communiqué à l'accusé; qu'il n'a pas eu la faculté d'y répondre; que personne de nous n'a eu celle de le défendre; que plusieurs faits articulés contre lui, m'ont paru faux ou malignement interprétés; comme enfin ceux qui l'accusent, ont été eux-mêmes antérieurement accusés par lui, et qu'il a droit de les récuser, jusqu'à ce qu'ils ayent purgé sa propre accusation contre eux; comme enfin je vois dans toute cette affaire, dirigée contre Marat, une précipitation et des passions indignes du législateur, et une continuation manifeste du système de Dumouriez qui a aussi accusé Marat; je déclare que, quant à présent, je ne puis, en ma conscience, exprimer aucun vœu.
Becker, absent.
Bar : Comme j'ai vu, dans le rapport qui a été présenté dans cette affaire, le langage de la passion, et celui de la prévention et de l'animosité, je ne peux donner aux faits qui y sont énoncés, la confiance propre à déterminer la décision d'un représentant du peuple. Ainsi je déclare que je ne puis, quant à présent, émettre d'opinion.

Département de la Nièvre.

Sautereault, absent.

Dameron : Je n'ai entendu qu'une partie du rapport contre Marat ; mais je l'ai entendu, lui, il y a peu de temps, dire à cette tribune : je *déteste* les hommes d'état, j'abhorre leurs principes ; mais si un assassin osoit marcher contre le plus abominable d'entr'eux, je jure que l'assassin ne parviendroit jusqu'à lui qu'après m'avoir percé la poitrine : d'après cela, citoyens, je dois rester dans l'incertitude sur le compte de *Marat*, et cette incertitude m'impose le devoir de déclarer que je crois qu'il n'y a pas lieu à délibérer contre lui.

Lefiot : Le défaut d'examen et de discussion me fait douter ; et dans le doute, je ne dois point être sévère : non.

Guillerault, absent.

Legendre, absent.

Goyre-la-Planche, absent.

Jourdan, oui.

Département du Nord.

Merlin, point de voix jusqu'à l'impression.

Duheim, absent.

Gossüin, absent.

Cochet, absent.

Fockedey, absent.

J. Lesage-Senault, absent.

Carpentier, oui.

Sallengros : Parmi les raisons déduites par Thirion, auxquelles je me réfère, pour ne point tomber dans des répétitions, je déclare ne pouvoir voter quant à présent.

Poultier : Attendu que le rapport sur Marat n'a point été discuté, qu'il est manifestement dicté par la vengeance la plus atroce et la passion la plus acharnée, que ce rapport est le fruit de la haine qu'ont voué à ce représentant les complices de Dumouriez, qu'il a constamment dénoncé ; que j'ai toujours regardé Marat, depuis la révolution, comme une sentinelle vigilante de la liberté, qui a toujours déjoué les infâmes projets des contre-révolutionnaires ; que cet homme vraiment courageux, a été, depuis la révolution, l'épouvantail des traîtres, des aristocrates, des Lafayette, des Dumouriez et de leurs adhé-

A 2

rens ; je demande que la Convention qui a mis quatre mois à juger un tyran, donne au moins quelques jours à l'examen de la cause d'un représentant du peuple.

Aoust (Jean-Marie), absent.

Boyaval (Laurent), absent.

Briez, absent.

Département de l'Oise.

Couppé : Attendu que le rapport du comité de législation, sur l'affaire de Marat, n'a été ni discuté ni imprimé, qu'il me paroît être l'ouvrage de la passion et de la vengeance, et visiblement une suite de la conspiration tramée par Dumouriez, je déclare que je ne puis voter ainsi sur le sort d'un représentant du peuple, quant à présent.

Calon : Je déclare qu'attendu l'oppression qui s'est manifestée dans une circonstance si importante, je n'émets pas mon vœu.

Massieu : Je déclare que n'ai point de vœu à émettre dans une délibération qui, en mon ame et conscience, blesse, de la manière la plus révoltante, tous les principes de la justice.

Ch. Villette, absent.

Mathieu : Oui ; au surplus, je déclare que l'adresse lue aujourd'hui à l'Assemblée, ne me paroissant pas un motif suffisant d'accusation, mon opinion, pour l'affirmative, a pour base les autres faits énoncés au rapport.

Anacharsis-Cloots : comme je ne suis pas le complice de Dumouriez, je dis non.

L. Portiez, absent.

Godefroy, absent.

Bezard, absent.

Isoré, absent.

Delamare, oui.

Bourdon, absent.

Département de l'Orne.

Dufriche-Valazé, oui.

Bertrand : Comme je ne suis pas assez lâche pour ne dire ni oui ni non, comme je ne suis pas prussien, je dis, oui.

Plet-Beauprey, absent.

Duboë, oui.

Dugué-Dassé, oui.
Desgrouas, absent.
Thomas, absent.
Fourney, oui.
Julien Dubois, absent.

Colombel : J'ai dit non à l'appel nominal, parce que la discussion sur le rapport n'a point été ouverte, et qu'il en méritoit une bien approfondie : c'est une contravention manifeste à tous les principes.

Département de Paris.

Robespierre : comme la République ne peut être fondée que sur la vertu, et que la vertu ne peut admettre l'oubli des premiers principes de l'équité ; comme le caractère de représentant du peuple doit être respecté par ceux que le peuple a choisis pour défendre sa cause, lors même qu'ils ne respecteroient ni ceux des hommes, ni ceux des citoyens ; comme tous ces principes ont été violés, et par la fureur avec laquelle un décret d'accusation a été provoqué, et par le refus d'entendre l'accusé et tous ceux qui vouloient discuter l'accusation ; comme cette asscusation a été intentée, la discussion interdite par ceux qui avoient été accusés d'avance par un grand nombre de citoyens, par Marseille, par Paris, et par le même membre qui est l'objet de l'accusation ; comme l'indulgence accordée au tyran des Français par les accusateurs les plus fougueux du membre inculpé, contraste scandaleusement avec l'acharnement qu'ils montrent contre un de leurs collègues ; comme ils n'ont consenti à un décret sévère contre Dumouriez qu'à la dernière extrémité, et qu'ils veulent décréter en une minute celui qui a dénoncé Dumouriez et ses complices ; comme plusieurs d'entr'eux ont absous Lafayette, et que les autres ne l'ont condamné qu'avec une extrême lenteur, et qu'ils ont voulu condamner sans examen ceux qui l'ont dénoncé dans le temps où ils le protégeoient ; comme ils ont refusé de porter un décret de proscription, plusieurs fois demandé contre le ci-devant Monsieur, le ci-devant comte d'Artois, le ci-devant prince de Condé, le ci-devant duc d'Orléans, le ci-devant duc de Chartres, le ci-devant comte de Valence, le ci-devant marquis de Sillery, et tous les autres complices de Dumouriez ; et qu'ils ne trouvent aucune difficulté à proscrire d'emblée l'un des

A 3

représentans du peuple qui ont vainement provoqué ces décrets nécessaires;

Comme l'adresse des Jacobins qui a été le prétexte de cette affaire scandaleuse, malgré l'énergie des expressions provoquée par le danger extrême de la patrie, et par les trahisons éclatantes des agens militaires et civils de la République, ne contient que des faits notoires et des principes avoués par les amis de la République; comme la destinée des Jacobins fut toujours d'être calomniés par les tyrans, et qu'il est peu de différence entre Lafayette, Louis XVI et Léopold qui leur déclaroient la guerre il y a quelques mois, et Dumouriez, Brunswick, Cobourg, Pitt et leurs complices que j'ai dénoncés moi-même il y a peu de jours, et qui ne veulent pas aujourd'hui que je puisse même discuter l'acte d'accusation intenté contre un de nos collègues;

Comme la phrase de Marat, qui dit que la liberté ne sera établie que quand les traîtres et les conspirateurs seront exterminés, quelqu'illégale qu'elle puisse paroître, n'a jamais tué un seul traître et un seul conspirateur, et que les hypocrites ennemis du peuple ont déja fait égorger trois cent mille patriotes, et conspirent pour égorger le reste;

Comme ce ne sont point les anathêmes d'un écrivain contre les accapareurs, mais les émissaires de l'aristocratie et des cours étrangères qui ont excité un attroupement chez les épiciers, pour calomnier le peuple de Paris qui n'y a pris aucune part, les défenseurs de la liberté qui l'ont arrêté, et pour fournir à Dumouriez le prétexte du manifeste qu'il vient de publier contre Paris et contre la République;

Comme ceux qui poursuivent les moindres écarts du patriotisme se montrèrent de tout temps très - exorables pour les crimes de la tyrannie;

Attendu que je ne vois dans cette délibération que partialité, vengeance, injustice, esprit de parti, que la continuation du système de calomnie entretenu aux dépens du trésor public par une faction qui, depuis long-temps, dispose de nos finances et de la puissance du gouvernement, et qui cherche à identifier avec Marat auquel on reproche des exagérations, tous les amis de la République qui lui sont étrangers, et enfin que l'oubli des premiers principes de la morale et de la raison;

Comme je n'apperçois dans toute cette affaire que l'esprit développé des feuillans, des modérés et de tous les lâches assassins de la liberté, qu'une vile intrigue ourdie pour déshonorer le patriotisme, les départemens infestés depuis long-temps des écrits liberticides de royalistes, je repousse avec mépris le décret d'accusation proposé.

Danton, absent.

Collot-d'Herbois, absent.

Boursault-Malherbe : Comme bon républicain, et ne me trouvant pas assez éclairé, dans ce moment, dans l'affaire de Marat, je m'abstiens de voter, jusqu'à ce que nous connoissions les vrais coupables, et parce que je suis persuadé que nous sommes au moins sept cents dupes de quelques intrigans, qui voudroient nous replonger dans les fers.

Billaud-Varennes, absent.

Camille-Desmoulins : Comme je ne juge pas un écrivain sur le délire d'un jour, mais sur une vie toute entière passée dans le souterrein, à combattre tous les tyrans et les conspirateurs; comme je respecte, dans Marat, un citoyen couvert d'honorables décrets de prise-de-corps, et martyr de la révolution, et qu'il ne manquoit à sa gloire que d'être poursuivi par Cobourg et Dumouriez; comme je vois Marat envoyé à l'Abbaye par les mêmes hommes qui ont fait sortir l'émigré Rivarol de l'Abbaye; comme je professe, sur la liberté de la presse, le même principe, que des hommes qui demandent aujourd'hui le décret d'accusation contre Marat; je parle de Brissot et Lanthenas, et qui soutenoient, il y a trois ans, que la liberté la plus illimitée, la plus indéfinie de la presse, étoit le *palladium* de la liberté; comme J.-J. Rousseau dit, quelque part, que M. le lieutenant de police auroit fait pendre le bon Dieu sur le sermon de la montagne; je ne veux pas me déshonorer, en votant le décret d'accusation contre un écrivain trop souvent prophète, à qui la postérité donnera des statues.

Marat, absent.

Lavicomterie : J'ai toujours regardé Marat comme un homme intrépide, nécessaire dans un temps de révolution; et pour la liberté de la presse, je dis non : il n'y a pas lieu à accusation.

Legendre, absent.

Raffron, absent.

Panis, absent.

Sergent : Lorsque le dénonciateur de Marat s'est présenté à la tribune, je me suis retiré, parce que je n'aime ni les passions privées, ni les vengeances. Je ne connois pas les ouvrages de Marat; je n'ai point entendu le rapport qui a été fait; enfin, je ne connois de dénonciateur de Marat que Dumouriez. Dumouriez a trahi la patrie; je ne puis, sans être son complice, condamner un citoyen qu'il accuse; et comme on a voulu, par un décret, me faire voter contre un représentant du peuple, sans examen, sans discussion, sans vérification de pièces avec l'accusé, formes qui ont été observées avec beaucoup de soin et de lenteur vis-à-vis le tyran qui avoit fait égorger des milliers de Français; comme mes collègues me paroissent plus sacrés qu'un roi parjure, fussent-ils même coupables; comme enfin Dieu même ne peut m'ôter la faculté de dérouler ma conscience, en exprimant ma pensée tout haut, à moins qu'il ne me prive de la vie, je déclare que non; il n'y a pas lieu à accusation.

Robert, absent.

Dusaulx, oui.

Fréron, absent.

Beauvais, absent.

Fabre d'Eglantine : Toutes les formes sont écartées, tous les principes sont violésdans l'acte sur lequel on réclame ma voix. La justice m'ordonne de ne pas prononcer sur les faits que j'ignore, encore moins sur ceux dont on me refuse la preuve. Attendu le refus illégal, oppressif et inoui de discuter le rapport du comité, attendu l'absence au rapport des pièces qui doivent constater les griefs énoncés; convaincu de la partialité, de la passion et de l'aveuglement qui caractérisent le cri des accusateurs, frappé de la vraisemblance remarquable qui se trouve entre l'acte énonciatif contre Marat, et le langage de Dumouriez contre la république; je déclare que ma conscience ne me permet pas de voter.

Osselin : Je ne vois dans Marat qu'un représentant du peuple. Le mandat national investit celui qui en est chargé d'un caractère sacré.

Un décret d'accusation contre un député est un acte attentatoire, au moins par provision, à l'exercice des fonctions du mandataire du peuple; on ne doit jamais se porter à un tel excès que par des motifs assez puissans, profondément médités, clairement établis, et sévèrement discutés.

Je ne lis jamais les feuilles de Marat; la lecture des pièces sur lesquelles l'accusation est proposée, a été inutilement requise par plusieurs membres de la Convention, et par moi-même; je ne puis donner d'avis, dans ma conscience; je m'abstiendrai donc de voter, jusques après la lecture des pièces que je requiers, et la discussion que je demande sur leur contenu.

Robespierre, jeune : Convaincu que l'accusation intentée contre Marat est une suite des machinations liberticides tramées par les conspirateurs, je ne puis voir un conspirateur ni un contre-révolutionnaire dans celui qui n'a cessé de les dénoncer. Convaincu que l'accusation actuelle est un moyen de consommer les crimes des fauteurs de la tyrannie, qui ont peint Marat, non pas tel qu'il est, mais tel qu'ils le veulent, afin de déshon-norer les patriotes, en les couvrant de ce masque hideux, manœuvres coupables avouées par Buzot, au comité de défense générale, en présence de plus de quarante membres, que le pillage qu'on reproche à Marat est le fait de ses enne-mis, puisque ce délit a été commis par des émigrés et des hommes bien vêtus, ce qui m'a été certifié par deux épi-ciers de Paris, à l'un desquels on est venu réclamer une canne à pomme d'or ; que la *feuille qui est dénoncée*, n'a point provoqué le pillage, commencé plus de deux heures avant que cette feuille ne parût ; convaincu enfin que cette accusation n'est qu'un prétexte pour perdre un patriote ar-dent, d'un caractère nécessaire dans un temps de révolution, l'homme enfin qui, tant qu'il vivra, fera trembler les fri-pons de toute couleur ; je dis, non.

David : Si Maury et Cazalès, si Dumouriez et Cobourg votoient dans cette affaire, ils diroient, oui ; un républicain dit, non.

Boucher : Je déclare que je regarde les provocateurs du décret contre Marat, comme les amis du traître Dumouriez, et que je me regarderois comme leurs complices, si je ne disois pas non.

Laignelot : J'ai toujours vu dans Marat le vrai défenseur de la liberté; il manquoit peut-être à sa gloire d'en être le martyr : mais comme je ne veux pas, moi patriote, être mis au nombre de ses assassins ; et qu'en voyant aujourd'hui, dans la persécution qu'il éprouve, toutes les formes violées, toutes les conve-nances blessées, la représentation nationale outragée, la jus-tice des lois foulée aux pieds, il est clair, pour tout être qui pense, que ce n'est que le prélude de scènes désas-treuses ; comme j'ai entendu au comité de défense générale Gensonné, le plus dangereux des conspirateurs, avouer, parce que cela étoit avoué de tous, sa correspondance avec le traître Dumouriez ; comme depuis la révolution je n'ai pas perdu de vue le perfide Brissot, que j'ai pénétré, malgré sa profonde et lâche hypocrisie, et qu'il m'est démontré, à moi, que tous ces intrigans et leur suite infernale, ont juré la ruine de la république et le rétablissement de la royauté ; comme une faction puissante, égarée ou corrompue, a choisi l'instant où les patriotes de la montagne sont absens, pour travestir un accusateur en accusé, et le juger sans l'entendre ; comme, malgré tous les efforts que l'on tente pour renverser la république, je suis convaincu qu'elle demeurera debout ; comme enfin je méprise autant que j'abjure les principes des hommes que j'ai dénommés ; et que, ne partageant point leurs projets liberticides, je ne veux point partager leur infamie, ni l'échafaud qui les attend : je dis, non.

Thomas : Attendu qu'il m'a été impossible de prendre une connoissance suffisante de l'affaire, je déclare qu'il m'est également impossible de voter, quant à présent.

L. J. Egalité, absent.

Département du Pas-de-Calais.

Carnot, absent.

Duquesnoy, absent.

Lebas : Comme on a fait précéder d'une foule de formalités la cause d'un tyran pris la main dans le sang du peuple, comme la même solennité est au moins due à la cause d'un représentant du peuple ; comme rien n'a été éclairci dans cette affaire, et que les seuls crimes dont Marat paroisse jusqu'à présent coupable, sont d'avoir dénoncé Dumouriez, ses complices et tous les contre-révolutionnaires, je dis non.

Thomas Payne, absent.

Personne : Comme je suis le véritable ami du peuple ; comme véritablement attaché à la République ; comme qui que ce soit ne peut se peut se mettre au-dessus des lois ; oui.

Guffroy, absent.

Eulart : Je n'ai entendu que la partie du rapport qui étoit relative à l'adresse de la société des Jacobins, et je dois déclarer que je n'ai trouvé, dans cette adresse, rien qui puisse motiver le décret d'accusation contre Marat ; cependant n'ayant pas entendu le surplus du rapport, et ne connoissant par conséquent pas les motifs qui ont pu déterminer le comité à proposer l'acte d'accusation, je déclare ne pouvoir émettre de vœu quant à présent.

Bollet : Comme un vrai Républicain ne compose jamais avec les principes , je dis non.

Magniez , non.

Daunou , absent.

Varlet , oui.

Département du Puy-de-Dôme.

Couthon , absent.

Gibergues , oui.

Maignet, absent.

Gilbert Romme : Le rapport du comité de législation sur Marat, ne m'est connu que par une seule lecture souvent interrompue. On n'a voulu, ni ouvrir la discussion, ni l'ajourner, quoique plusieurs membres ayent offert de prouver la fausseté des faits allégués : la précipitation qu'on met dans cette affaire, et l'acharnement scandaleux avec lequel on éloigne tous les moyens d'éclairer l'opinion de la Convention, me rendent le rapport suspect. Je crains de tremper dans une injustice qui, en se dirigeant contre un représentant du peuple, prendroit le caractère d'un crime de lèse-nation.

Je déclare que ne voulant pas me souiller d'une violation aussi criminelle de tous les principes, je pense qu'il n'y a pas lieu à accusation quant à présent.

Soubrany , absent.

Bancal. (Henri) , absent.

Girot-Pouzol, oui.

Rudel , absent.

Blanval , absent.

Monestier , absent.

Dulaure , absent.

Laloue , oui.

Département des Hautes-Pyrénées.

Barrère (Bertrand) , absent.

Dupont : J'ai voué une haine implacable aux tyrans et aux agens de la tyrannie. La voix de ma conscience et l'amour de la patrie m'ont montré Marat comme un de leurs instrumens les plus dangereux. Si je l'ai vu, comme conspirateur même, aussi supérieur à toute espèce de séduction par caractère, qu'au-dessus de la crainte des assassins et des poignards par courage , je dis, oui.

Gertoux, oui.

Picqué, oui.

Feraud : Quand j'ai accepté mon mandat, j'ai juré entre les mains de mes commettans d'être aussi terrible contre les tyrans, que contre les faux patriotes qui ont avili la liberté, attaqué la représentation nationale, cherché à la faire assassiner, prêche sans cesse l'incendie, le meurtre, le pillage et l'anarchie. Marat est un représentant du peuple, oui sans doute ; mais, à mon sens, un représentant du peuple doit être plus sévèrement puni, lorsqu'il trahit ses devoirs, et son inviolabilité disparoît à mes yeux devant les crimes. Je vous rappelle ici au surplus vos principes. Pour décréter d'accusation, il suffiroit, d'après vos décrets, d'après ce qui s'est passé mille fois, que des indices graves appelassent votre fermeté, et c'est au juré de jugement à obtenir la première preuve ; mais ici nous avons des preuves très-entières : ainsi donc estimant que si Marat a rendu quelques services à la patrie, il n'a fait que son devoir, et n'a pas par-là obtenu l'impunité de ses provocations criminelles ; pensant sur-tout que les Républiques ne se soutiennent que par la force de la vertu, et que la Roche Tarpéienne doit être toujours à côté du Capitole, je vote le décret d'accusation avec le même courage que j'ai voté la mort du tyran.

Lacrampe, oui.

Département des Basses-Pyrénées.

Sanadon, absent.

Conte, oui.

Pemartin, oui.

Meillant, oui.

Cazeneuve : Dès que les délits graves qui fondent l'accusation sont constans, et que le prévenu a hautement persisté, même à la tribune, dans ceux qui compromettent essentiellement les plus grands intérêts de la société ; puisque le meurtre et le pillage sont les élémens de sa doctrine, qu'il a constamment alliée aux poisons de la plus atroce calomnie ; que tant d'excès, en pervertissant l'opinion publique, pouvoient amener la dissolution de l'État, et anéantir la liberté ; le vrai citoyen, qui ne sait pas transiger au préjudice des principes sacrés de la justice, ne doit point balancer à provoquer la sévérité des lois contre l'individu coupable qui a osé les violer. Je vote pour le décret d'accusation.

Neveu , absent.

Département des Pyrénées-Orientales.

Guiter, oui.

Fabre.: Je ne suis jamais monté à la tribune pour parler des hommes , pour dénoncer ou pour accuser : je crois qu'il est assez extraordinaire , dans un moment où les ennemis nous pressent de toute part , de nous occuper des limites qu'on doit imposer aux journalistes , et que plusieurs séances comme celle-ci , ne sauveront pas la chose publique. Mais , sans m'occuper du citoyen dénoncé , je ne verrai que le représentant du peuple ; et en cette qualité , je pense qu'il ne peut être traduit en jugement , sans avoir été entendu sur l'acte d'accusation , sans qu'une discussion solennelle n'ait été ouverte ; sans que tous ceux qui veulent parler en sa faveur , n'ayent été entendus. D'après ces principes incontestables , je déclare qu'il n'y a pas lieu dans le moment à accusation.

Biroteau, oui.

Montégut.: Comme cultivateur , que j'aime à travailler pour nourrir ma famille , que je n'aime point le pillage , ni le carnage , je dis , oui.

Cassanyes , oui.

Département du Haut-Rhin.

Reubell , absent.

Ritter , absent.

Laporte : Comme je ne connois pas l'art de juger un homme , quel qu'il soit , sans l'entendre ; comme je ne connois pas l'art tyrannique de plonger dans les cachots pour étouffer la voix , je déclare que si je votois aujourd'hui pour le décret d'accusation contre Marat , je croirois avoir acquis le droit de demander demain une couronne civique pour Dumouriez. Non.

Johannot, absent.

Pflieger aîné , absent.

Albert aîné , oui.

Dubois , absent.

Département du Bas-Rhin.

Rühl , absent.

Laurent, absent.

Bentabole : Attendu que le rapport sur l'accusation intentée contre Marat, n'a point été discuté ;

Attendu que Dumouriez, en se déclarant l'ennemi de la patrie, a dénoncé lui-même Marat comme un objet d'opposition à ses principes ;

Attendu que Dumouriez, en levant l'étendart de la révolte, a manifesté sa coalition avec une partie des membres de la Convention qui accusent et qui votent contre Marat, en approuvant leurs principes et leur conduite ;

Attendu que cette accusation n'est qu'une suite de l'audace qu'inspire aux partisans de Dumouriez, le projet de renverser la République ;

Attendu que cette accusation n'a été intentée que pour détourner l'attention de la nation, des inculpations faites à plusieurs membres de la Convention prévenus d'avoir été en intelligence avec Dumouriez, et d'être ses complices ; et que malgré les réclamations de quantité de membres de la Convention, connus par leur patriotisme, ces inculpations ont été arbitrairement écartées et étouffées ;

Attendu enfin que sans m'arrêter au style de Marat, ni à ses idées, je suis forcé de reconnoître en lui un des plus fermes appuis de la révolution ; que ce citoyen a constamment dénoncé les traîtres et les plus grands conspirateurs, malgré les persécutions les plus fortes, je déclare en mon ame et conscience qu'il n'y a pas lieu à accusation.

Dentzel, absent.

Louis, absent.

Ehrmann, absent.

Arbogast, point de vœu, quant à présent.

Christiani, absent.

Simon (Philibert), absent.

Département du Rhône-et-Loire.

Chasset, oui.

Dupuis, fils : Je n'ai jamais lu les ouvrages de Marat ; les pièces énoncées contre lui, ne me paroissent point constantes. La majorité a refusé de m'instruire. Je vois un esprit de faction ; l'intrigue, avec le traître Dumouriez, est évidente pour moi ; je ne veux pas servir les conspirateurs. Je déclare donc que je ne saurois voter quant à présent.

Vitet, absent.

Dubouchet: Comme dans la malheureuse affaire qui nous occupe, les premiers principes de la justice, de la raison, de l'humanité, ont été violés; comme les droits impr scriptibles et sacrés de l'homme et du citoyen, ont été méconnus; comme la majesté du peuple a été outragée dans la personne d'un de ses représentans; comme le rapport qui sert de base au décret d'accusation qui doit frapper Marat, laisse jaillir l'esprit de parti, d'animosité, de haine, de vengeance; comme enfin toutes les formes tutélaires de la sûreté et de la liberté des citoyens ont été violées, je croirois être le complice de ses indignes accusateurs, si je ne disois pas, non.

Marcelin Beraud, absent.

Pressavin, absent.

Patrin, absent.

Moulin, oui

Michet, oui.

Forest, oui.

Noël Pointe, absent.

Cusset: J'ai voté la mort du tyran; par conséquent, celle de de ceux qui vouloient le sauver; j'aimois donc le peuple; je remplissois donc mes devoirs en aimant le peuple; j'aime ses défenseurs; je suis donc l'ami du peuple; l'ami du peuple est Marat, et je vote, non.

Javogues: Je déclare en ma foi et conscience, que Marat, loin d'avoir donné lieu à un décret d'accusation par sa conduite, a, au contraire, mérité des éloges par sa fermeté à dénoncer tous les abus, toutes les conjurations, et notamment celle de Dumouriez et ses complices: comme il est aisé de reconnoître dans les ennemis de Marat le projet infâme de faire assassiner tous ceux qui ont voté la mort du tyran, et qui ne sont pas ici hypocrites, mais les vrais fondateurs de la République, je déclare qu'il n'y a pas lieu à accusation contre Marat.

Lanthenas: J'ai défendu la liberté indéfinie de la presse, et j'en soutiens aujourd'hui comme autrefois le principe.

Je crois que Marat devroit être traduit devant un tribunal de censure publique, que nous aurions dû depuis long-temps avoir établi, pour y être censuré pour des fautes trés-graves qui ont compromis la chose publique, et être suspendu par ce tribunal de toute fonction; mais quand il s'agit de mettre sous le glaive de la loi, des hommes en qui je ne vois que folie, zéle exagéré, frénésie, au milieu des passions nouries depuis six mois dans cette assemblée; je frissonne d'effroi : car je vois ici des hommes dans tous les partis qui sont coupables de fautes *très-graves*, qui, à mon avis, sont cependant distincts du crime *de trahison*.

Je n'ai point entendu le rapport des comités sur Marat. J'entends mes collègues se plaindre qu'il n'ait pas été discuté, et assurer qu'il n'inculpe pas Marat de crime. Mon avis est qu'il soit aussi-tôt formé un tribunal de censure publique, que ce tribunal puisse juger rétroactivement nos fautes, nos délires, et suspendre de leurs fonctions ceux de nous qui seront convaincus d'avoir compromis le salut de la chose publique par leurs travers, leurs défauts de caractère, d'esprit et de cœur, ou même leurs vices.

Je pense encore qu'il y auroit lieu à commettre des médecins pour examiner si Marat, comme beaucoup d'autres parmi nous que je nommerois, s'il y avoit lieu, n'est pas réellement atteint, comme je l'en soupçonne depuis long-temps, de folie et de frénésie.

Mais je crois, sur le décret d'accusation dont il s'agit, qu'il n'y a pas lieu : je vote contre. Je dis, non.

Fournier, absent.

Département de Haute-Saone.

Gourdan : Je ne connois point de liberté sans lois, point de lois sans morale et sans justice ; et celui qui se met au-dessus des lois, qui fait de continuels efforts pour détruire la justice et pervertir la morale, me paroît l'ennemi de la liberté comme l'ami des rois. Je dis, oui.

Vigneron, oui.

Siblot, absent.

Chanvier, oui.

Balivet, oui.

Dornier : Je ne suis ni un Cazalès, ni un Maury, ni un complice de Dumouriez, ni d'Orléans : entièrement indépendant de parti et ne consultant que ma conscience, comme je l'ai fait lorsque j'ai voté dans toutes les questions contre le tyran, je ne puis applaudir, ni favoriser ceux qui provoquent au meurtre, au pillage, au rétablissement de la royauté, ou de la dictature. Comme je suis convaincu que Marat a commis tous ces crimes, je dis oui.

Bolot, absent.

Département

Département de Saone-et-Loire.

Gelin, absent.

Mafuyer, oui.

J. Carra, absent.

Guillermin, absent.

Reverchon, absent.

Guillemardet, absent.

Baudot, absent.

Bertucat : Comme je suis du nombre de ceux qui dans l'affaire de Louis Capet n'ont pas voté comme Marat, et qu'il a en conséquence voués au glaive des assassins, ma délicatesse m'a obligé de voter pour l'ajournement à meréredi, de la question qui nous occupe, pour n'être pas suspect de m'être livré à un premier mouvement de vengeance et de représailles. L'ajournement a été rejeté, & la même délicatesse me fait le même devoir de rejeter en ce moment le décret d'accusation, fondé sur les mêmes motifs qui m'avoient fait demander l'ajournement.

Mailly, absent.

Moreau, absent.

Montgilbert, absent.

Département de la Sarthe.

Richard, absent.

Primaudierre, (François) absent.

Salomon, oui.

Philippeaux : Si j'étois assez vil pour vouloir satisfaire ma vengeance contre Marat aux dépens de la justice, je voterois pour le décret d'accusation, car cet homme m'a calomnié dans ses feuilles. Mais je dois oublier mon injure personnelle, au moment où je deviens juge, et ne consulter que les principes austères de la justice. Or, ces règles ont été violées dans l'affaire que vous voulez juger sans observer aucune forme capable d'éclairer la conscience des votans. Je déclare donc qu'il m'est impossible d'émettre aucun vœu, jusqu'à ce que ces formes essentielles ayent été remplies. Et quant à présent, je dis non.

Boutroue : J'adopte les motifs énoncés par Thirion; j'ajoute que je ne puis décréter d'accusation un patriote, pour

Appel nominal.   B

avoir appelé le glaive vengeur du peuple sur la tête des conspirateurs : en conséquence je dis non.

Levasseur : Les pièces sur lesquelles le rapporteur a fondé le décret d'accusation ne m'ayant point été communiquées, et n'ayant pu entendre distinctement le rapporteur, je ne puis voter sans discussion pour un décret d'accusation contre un représentant du peuple qui n'a pas été entendu, et qui me paroît, en ce moment, d'autant moins suspect, que depuis long-temps, il a annoncé les trahisons de Dumouriez, et de Beurnonville, et que Dumouriez lui-même, dans une de ses lettres, a dénoncé Marat et Robespierre, comme s'opposant à ses projets : non.

Chevalier, oui.

Froger, oui.

Sieyes, absent.

Letourneur, absent.

Département de Seine-et-Oise.

Lecointre, absent.

Hauffmann, absent.

Bassal, absent.

Alquier, absent.

Gorsas, oui.

Audouin : Comme je suis convaincu que Marat a constamment dénoncé les traîtres et les conspirateurs depuis le commencement de la révolution ; comme je suis convaincu qu'il a été poursuivi par Necker qu'il a dévoilé, par la Fayette dont il déjouoit les complots, par les Malouet de l'assemblée constituante et les Raimond de l'assemblée législative, dont il déconcertoit les desseins criminels ; comme je suis convaincu qu'il est poursuivi par des hommes qui n'ont rien épargné pour sauver Louis Capet, après avoir marchandé avec lui sa déchéance, par des hommes qui n'ayant pu marcher en tête du tyran à l'échafaut, choisissent, pour les offrir aux manes de ce despote, des victimes parmi les députés qui l'ont condamné au dernier supplice ; par des hommes, dont Dumouriez, l'ami de Cobourg, s'est déclaré le protecteur ; par des hommes qui adhèrent, par leur conduite, aux proclamations du général perfide qui s'est acharné contre l'accusé, et aux desirs duquel on le sacrifie ; comme d'ailleurs je n'ai vu, dans le rapport qui a été pré-

senté contre Marat, qu'un ramas indigeste de plattes mé-
chancetés et d'absurdes dénonciations, et que je n'ai pu
défendre, au moyen d'un ajournement; les principes violés,
la liberté outragée, la patrie veuve d'un de ses représentans, traîné devant les tribunaux par une lâche vengeance,
que dis-je? par une suite du système de royalisme et de con-
trerévolution dont voilà une victime; je déclare que je veux
la République, en disant que je ne veux pas voter pour un
décret qui couvrira d'opprobre ceux qui l'ont provoqué,
mais en disant que Marat a bien mérité de la patrie.

Treilhard, absent.

Roi, absent.

Tallien, absent.

Hérault, absent.

Mercier, oui.

Chénier, absent.

Dupuis, absent.

Richaud : Comme aucune considération ne peut, ne doit m'arrêter, quand il s'agit d'émettre mon vœu sur des faits que la
loi condamne, d'après le rapport que j'ai entendu, je dis
oui.

Département de la Seine-Inférieure.

Albite : Je n'ai point entendu la dernière partie du rapport sur Marat;
de plus, je sais positivement qu'il a dénoncé les Lameth, les
Lafayette, les tyrans, et Dumouriez; je sais encore particulièrement qu'il a été accusé par Dumouriez comme son
plus grand ennemi; et quand on ne cherche dans cette
affaire aucun des principes de la justice, en conséquence je
dis que quant à présent, il n'y a pas lieu à accusation.

Pocholle, absent.

Hardy, absent.

Yger, absent.

Hecquet, oui.

Duval, absent.

Vincent, oui

Faure, absent.

Lefebvre, oui

Blutel, absent.

Bailleul, oui.

Mariette, absent.

Doublet, oui.

Ruhault, oui.

Bourgois, oui.

Delahaye : Le rapport fait dans cette affaire, est appuyé par des preuves écrites à mes yeux ; il n'est point dicté par la prévention. Marat accusé n'est point jugé ; il a le droit de se défendre : un juri d'accusation n'entend jamais de défenses, et Marat a été entendu. Je suis intimement convaincu que Marat étoit d'intelligence avec d'Orléans, dont on l'accuse d'avoir reçu 15,000 livres, dont il a toujours pris la défense. Je déclare sur ma conscience et sur mon honneur, qu'il y a lieu à accusation.

Département de Seine-et-Marne.

Mauduyt, absent.

Bailly de Juilly, oui.

Tellier : Quant il s'agit de la liberté d'un représentant du peuple, il est de la plus haute importance de ne pas prononcer avant une discussion mûre et approfondie qui commande le respect au décret à rendre par la Convention. Ce n'est point pour Marat, c'est pour tous les représentans du peuple que je refuse de voter avant la discussion.

Cordier : Je déclare que n'ayant point entendu le rapport ni vu aucune pièce, je dis non.

Viquy, oui.

Geoffroy, jeune, oui.

Bernard des Sablons, refus de voter.

Himbert, absent.

Opoix, absent.

Defrance, absent.

Bernier : Si j'étois l'ennemi du peuple et le complice de Dumouriez, si j'étois jaloux des applaudissemens des tribunes, ou si je craignois leurs menaces, je dirois non ; mais comme je n'eus jamais d'autre guide que ma raison, ma conscience et le bien de ma patrie, je déclare être convaincu que Marat est le plus hardi contre-révolutionnaire..... Vous qui m'interrompez par vos clameurs, qui m'accablez d'injures lorsque je remplis mon devoir, me connoissssez-vous ? non : eh bien ! il est un moyen de mettre un terme à tant d'audace. Provoquons mutuellement la censure publique sur nos actions ; que chacun soit tenu de justifier de ce qu'il a fait pour le peuple avant et depuis la révolution ; qu'il en soit fait un tableau soumis à la contradictions des citoyens : alors le peuple distinguera ses vrais amis ; il ne sera plus dupe de ceux qui ne le flattent tant aujourd'hui , que pour mieux l'asservir : je me réserve d'en faire la motion expresse. Je prononce avec sécurité ce que la France entière demande depuis six mois , le décret d'accusation contre Marat.

Département des Deux-Sèvres.

Puyraveau , (Lecointe) absent.
Jard-Panvillier, oui.
Anguis , absent:
Duchastel , oui.
Dubreuil-Chambardel ; absent.
Lofficial , oui.
Cochon , (Charles) absent.

Département de la Somme.

Saladin , absent.
Rivery , absent.
Gantois , oui.
Devérité , absent.
Asselin , absent.
Delecloy , absent.
Louvet , absent.
Dufestel , oui.
Alexis Sillery , absent.
François : Comme l'expérience de tous les jours m'a convaincu que je ne devois pas ajouter foi , aussi facilement que l'un de mes collègues , à la conversion prétendue des conspirateurs , lorsque leurs discours sont démentis continuellement par leurs écrits liberticides , je dis oui , avec toute la fermeté d'un Brutus. J'ai été convaincu des crimes de Louis le dernier ; je le suis aussi de ceux de Marat ; je dis que , je ne sais pas composer avec les principes : je dis *oui*.
Hourier-Eloy , absent.
Martin , absent.
André Dumont , absent.

Département du Tarn.

Lasource : Au-dessus des clameurs et des injures , au-dessus des craintes et des terreurs , je déclare qu'à mes yeux Marat est un homme très-dangereux pour la liberté , un homme qui tend à la détruire par le désordre , et à ramener le despotisme par l'anarchie. J'ai pour lui le mépris et la haîne qu'un sincère Républicain a pour l'ennemi de son pays. Si je ne consultois que les principes de l'ordre social , les lois et ma conscience , je voterois sur-le-champ le décret d'accusation : je déclare qu'il le mérite ; mais j'ai un genre de grandeur que mes calomniateurs ne connoissent pas , et que les hommes de bien seuls apprécient. Marat m'a souvent calomnié , il m'a désigné personnellement dans la lettre qu'il a écrite aujourd'hui à la Convention nationale ; c'est assez , je ne vote pas.

Lacombe-Saint-Michel , absent.
Soloniac , absent.
Campmas , non.
Marvejouls , absent.
Daubermenil , absent.
Gouzy , oui.
Rochegude , absent.
Meyer , oui.

Département du Var.

Escudier : Comme je ne veux pas être le complice d'un acte d'oppression ; comme je veux être convaincu avant de comdamner ; comme je vois tous les principes de justice sacrifiés à des sentimens de haîne et de vengeance, je refuse de voter, et dans ce moment je dis non.

Charbonier : Comme il n'y a que les ennemis de la liberté et les conspirateurs contre la patrie qui doivent craindre la liberté de Marat, je dis non.

Ricord : comme le refus oppressif de permettre de discuter le rapport du comité de législation, de la fausseté duquel je suis pleinement convaincu, et que je ne puis considérer que comme l'ouvrage de la haîne et le comble des fureurs aristocratiques ; que d'ailleurs l'on a opiniâtrément refusé d'écouter les membres de la Convention qui se sont présentés pour parler dans cette discussion, et que je suis infiniment persuadé que Marat n'a d'autres torts aux yeux de ses accusateurs que celui d'avoir constamment dénoncé le traître Dumouriez et ses complices, je déclare que Marat, bien loin de mériter le décret d'accusation, mérite une couronne civique pour avoir eu le courage de dénoncer les traîtres à la patrie; je dis non.

Isnard: Je déclare avec franchise que j'étois prêt à décréter Marat d'accusation, parce qu'en mon ame et conscience je déclare qu'il le mérite; mais l'acharnement que l'on a mis à porter ce décret avant toute discussion préalable, et la crainte d'être moi-même la dupe d'une intrigue, m'engagent à ne point voter le décret d'accusation quant à présent.

Despinassy, absent.

Roubaud, absent.

Antiboul: J'ai lu, j'ai entendu Marat: je croyois avant le rapport, que Marat avoit mérité le décret d'accusation; mais j'ai ouï dire là et là, que Marat n'étoit qu'un mannequin et un fou. Je m'en suis convaincu par la conduite de Marat dans l'assemblée; je croirois ne pouvoir voter que pour qu'il demeurât enfermé; mais forcé de m'expliquer par oui ou par non, je dis non.

Barras, absent.

Département de la Vendée.

Goupilleau. (J. F.) absent.
Goupilleau. (P. C.) absent.
Gaudin, absent.
Maignen, absent.
Fayau, absent.

Musset, absent.
Morisson, absent.
Girard, absent.
Garos, absent.

Département de la Vienne.

Piorry, absent.

Ingrand: Comme il m'est bien démontré que Marat n'a cessé de servir avec chaleur et succès la cause de la liberté, en démasquant avec le plus grand courage les traîtres les plus accrédités;

Comme il m'est bien démontré que les lâches qui ont provoqué contre Marat le décret d'accusation, ne s'y sont déterminés que pour se soustraire à son active surveillance; qu'il en est plusieurs dont les écrits auroient dû faire tomber sur leur tête le glaive vengeur des loix, je déclare que je vote pour que

Marat soit de suite rendu à ses fonctions pour nous montrer au doigt les coquins, comme il l'a toujours fait.

Dutrou-Bornier, oui.

Martineau, oui.

Bion, oui.

Creuzé-Latouche, oui.

Thibaudeau, absent.

Creuzé-Paschal, oui.

Département de Haute-Vienne.

Lacroix, absent.

Lesterpt-Beauvais : Je vois des faits criminels que Marat a avoués : j'aime la justice, et je ne puis pas opiner d'une manière évasive : ainsi je dis oui.

Bordas, absent.

Gay-Vernon : L'accusé n'ayant pas été entendu, ne connoissant pas les feuilles de Marat, le rapport n'ayant pas été discuté, et voulant me conserver le droit et la liberté de m'opposer aux décrets d'accusation qui pourroient être lancés sans discussion d'une manière irréfléchie et précipitée contre les accusateurs même de Marat, je dis non quant à présent.

Faye : Les noms dont on se masque ne m'en imposent pas. Sous celui d'Égalité, je ne vois en effet qu'un ambitieux qui brigue pour s'emparer de la souveraineté nationale ; et sous celui de l'ami du peuple, je ne vois qu'un traître, un des principaux agens de cet ambitieux, un vil calomniateur, un homme de sang, qui ne discontinue pas de prêcher le meurtre, le carnage et le pillage, un désorganisateur, et enfin un réfractaire continuel à la loi : je vote pour le décret d'accusation contre Marat.

Rivaud : Parce qu'il résulte des écrits de Marat dénoncés dans l'acte énonciatif des chefs d'accusation portés contre lui, qu'il a provoqué le meurtre, le pillage et la dissolution de la Convention nationale ; parce que Marat a avoué lui-même ces écrits dans cette assemblée ; parce que dans une de ses feuilles, dénoncée ici par Chabot, il a annoncé que la France ne pouvoit être sauvée sans qu'elle se donnât un maître, et que Marat n'a pas désavoué cette idée liberticide ; parce que personne n'a eu le courage de se présenter pour le justifier, si ce n'est après que la discussion a été fermée ; et enfin, parce que Marat lui-même a été antérieurement entendu sur les accu-

sations portées à diverses fois contre lui, je déclare qu'il y a
lieu à accusation.

Soulignac, oui.

Département des Vosges.

Poulain-Grand-Prey : Comme il ne s'agit pas ici de condamner,
mais d'accuser ; comme aucun décret d'accusation n'a été prononcé depuis la réunion de la Convention nationale avec
autant de solemnité que dans cette occasion ; comme il ne faut,
aux termes de la loi, que de fortes présomptions pour accuser, et non des preuves ; comme il résulte au moins de
fortes présomptions contre Marat, des écrits cités au rapport
du comité de législation ; comme il seroit possible d'en conce-
voir de son empressement à prendre seul la défense d'Orléans,
lorsque le décret d'accusation a été prononcé contre ce dernier ;
comme ces présomptions ne peuvent s'apprécier que par l'instruction d'une procédure ; comme cette instruction seule peut
réaliser, ou faire disparoître les soupçons qui flottent sur la
tête de Marat, et lui donner les moyens de se justifier, s'il est
innocent, je vote pour le décret d'accusation, et je dis oui.

Hugo, oui.

Perrin, absent.

Noël, oui.

Julien Souhait : Les amis de Marat cherchent à jeter des doutes
sur les sentimens de ceux qui n'adoptent pas tous ses principes. J'observe, à cet égard, que je suis député du département des Vosges ; qu'aucun de mes collègues n'est mara-
tiste ; qu'un département qui a dans ce moment aux frontières
le tiers de sa population en état de porter les armes, qui est
honoré de plusieurs décrets qui l'ont déclaré avoir bien mérité
de la patrie, qui s'est constamment distingué par le patriotisme le plus éclairé, le plus pur et le plus ardent, ne peut
être soupçonné d'avoir envoyé ici une députation suspecte. Il
nous a expressément chargés d'y concourir à la formation de
bonnes loix ; il nous a chargés de fonder la liberté du peuple
français sur des bases solides, sur les principes de la vraie
liberté et de l'égalité, sur le respect sacré des personnes et
des propriétés ; il nous a chargés de ramener le bonheur et la
paix, en poursuivant l'anarchie et le désordre, sous quelque
masque qu'ils se couvrent. Fidèles à son mandat, à ses
vœux, nous devons nous prononcer contre Marat, contre un

homme qui , dans l'oubli de son caractère et de ses devoirs ,
a osé provoquer l'anarchie, l'assassinat, le mépris des loix ,
le pillage , la violation des personnes et des propriétés , la
dissolution de la représentation nationale er la tyrannie d'un
maître ou dictateur. C'est en vain que l'on nous menace d'un
mouvement prétendu populaire ; nous ne craignons rien ; le
malheur pour nous ne seroit pas de périr , mais de trahir notre
conscience , nos devoirs et la patrie. Je vote pour le décret
d'accusation contre Marat.

Bresson , oui.

Couhey , oui.

Balland , oui.

Département de l'Yonne.

Maure , aîné : Comme depuis trois jours l'assemblée m'a honoré
de sa confiance , en me chargeant de l'inventaire des papiers
du traître Dumouriez ;

Comme j'ai été exact à mon devoir , et presque toujours seul
occupé à cette importante opération , qu'on semble négliger ;

Comme le tumulte seul m'a appelé hier soir à l'assemblée ;

Comme j'y ai vu des hommes passionnés , et indignes des
fonctions augustes qui leur sont déléguées , accuser un de
leurs collègues ;

Comme je ne connois pas les griefs qu'on impute à Marat ,
je déclare en ma conscience que je ne peux voter.

Turreau , absent.

J. Boileau : Il semble que l'on ne puisse manifester ici qu'une
seule opinion : cependant, comme nous n'avons pas tous les
mêmes yeux pour voir de la même manière , nous n'avons pas
non plus tous le même esprit pour penser uniformément ; nous
n'avons pas le même cœur pour éprouver les mêmes sensations :
la justice la plus simple exige donc que chacun puisse émettre
son opinion et la motiver à sa manière. Je demande à n'être
point interrompu ; lorsque j'aurai tout dit, que l'on me per-
siffle , que l'on me hue , que l'on entreprenne davantage si l'on
veut sur ma personne ; j'endurerai tout en souriant au plaisir
d'avoir fait mon devoir.

Je déclare qu'ayant voté la mort du tyran sans appel, par
cette haine implacable que je porte naturellement à tous les
scélérats hypocrites , à tout homme qui est sans morale et sans
principes comme sans vertus , il m'est impossible de voir avec
indulgence les crimes de Marat.

A mon sens, cet homme a reculé d'un demi siècle la liberté et la félicité publique. Marat, que je n'ai d'abord considéré que comme un fou, m'a prouvé par sa conduite qu'il avoit une ame profondément perverse. Je ne pense pas qu'il y ait en France un homme, même parmi les plus forcenés aristocrates, qui tende plus directement que lui à la destruction de la République.

Les Républiques ne peuvent se soutenir que par des mœurs et des vertus, que par la plus exacte soumission aux loix. Les loix sont le seul frein qui puisse arrêter au bord de l'abyme du despotisme que creuse toujours l'anarchie : oui, c'est le seul frein du peuple, lorsque la philosophie a été obligée de soulever à ses yeux le voile des erreurs humaines qui s'opposoient aux progrès de sa raison : eh bien ! Marat, qui sans doute ne l'ignore pas, a travaillé sans cesse à corrompre et à perdre les mœurs et les vertus du peuple. Marat a provoqué le peuple au désordre, à l'anarchie, au meurtre, au pillage ; il lui a conseillé plus d'une fois le massacre des députés. Marat a dit à la tribune qu'il étoit au-dessus des décrets, Marat a refusé d'y obéir.

Marat, malgré la loi qui inflige la peine de mort contre quiconque provoquera la dissolution de la Convention, seul refuge de la liberté, a provoqué cette dissolution. Il a demandé un roi, lorsque nous avions décrété la République. Il a refusé d'obéir au décret d'arrestation : par ce fait seul, il se déclare l'ennemi de la nation, puisqu'il méconnoît la Convention, comme faisoient les Protestans de l'Assemblée constituante. Marat donne l'exemple de l'anarchie la plus complète ; il prêche la violation des personnes et des propriétés. il calomnie les bons comme les méchans, ce qui fait qu'il est impossible que quelquefois il ne frappe pas juste. Marat est un agitateur du peuple, au lieu d'être son ami. Tout m'annonce que Marat est un agent de la faction d'Orléans, payé par elle ; car, dans ses calomnies, d'Orléans est le seul qu'il ait épargné. Marat, en un mot, est à mes yeux non pas un Romulus allaité par une louve, mais un tigre qui veut égorger jusqu'à la liberté.

Le tyran a employé tous ses efforts pour soutenir le despotisme, Marat a employé tous les siens pour le faire renaître. Marat est donc digne de mort comme le tyran, et je le condamnerois comme lui, si j'en avois la faculté.

Je le décrète d'accusation.

J'ajoute que si l'on me fournit des preuves de complicité avec Dumouriez, contre ceux que Marat a inculpés, je ne les épargnerai pas plus que lui.

Precy, oui.

Bourbotte, absent.

Hérard, oui.

Finot, absent.

Chastelain, oui.

Département de l'isle de Corse.

Salicetti, absent.

Chiappe: J'ai suivi constamment Marat dans son journal, et je l'ai toujours reconnu comme l'auteur d'une feuille liberticide. Marat a prêché le meurtre, le pillage et l'anarchie la plus complète ; mais il a fait plus que cela : Marat a appelé les poignards contre les représentans du peuple. Il s'est constamment attaché à dissoudre la Convention nationale ; chacun sait bien que le massacre et la dissolution de la Convention nous mèneroient encore une fois au despotisme. Suivant moi, rien ne pouvoit mieux seconder les vues des ennemis coalisés de la République, que la doctrine infâme de Marat. Je l'ai toujours regardé comme indigne d'être membre de la convention nationale. Je sais bien que les hommes foibles ne sont pas libres ici ; je sais bien aussi que la représentation nationale a été sifflée et avilie principalement dans cette séance ; mais c'est la faute, c'est la foiblesse de votre président.

Un Corse ne craint, ni les factions, ni les tribunes. Quand je me demande la cause de l'anarchie et des malheurs que la France éprouve dans un temps où elle devroit être la plus heureuse et la plus tranquille des nations, je dis : c'est Marat et ses partisans ; j'attribue à Marat plus qu'à tout autre la cause de nos revers, parce que sa morale fait paroître le liberté française comme odieuse aux nations. J'abhorre les partis, et je ne suis que de celui de la raison, de la liberté et de l'égalité. Je suis de l'avis du comité, c'est-à-dire, qu'il y a lieu à accusation. Je demande que nous nous occupions sérieusement et d'accord de la chose publique.

Caza-Bianka, absent.

Andrei, absent.
Bozio, absent.
Mottédo, absent.

Département de l'Ain.

Deydier, non : J'ai voté pour l'ajournement, parce que je voulois être instruit, d'autant mieux que les pièces rappelées dans le rapport n'ont point été lues, malgré l'interpellation que j'en ai faite.

Quand la discussion précipitée de cette affaire n'a pu y jeter toutes les lumières nécessaires, je croirois manquer à la représentation nationale, si je prenois un parti quelconque en ce moment sur-tout, me rappelant du décret qui renvoie aux tribunaux un des chefs d'accusation compris dans le rapport du comité ; que, d'une autre part, j'aurois desiré que Marat fût, au préalable, entendu ; ce que j'ai encore demandé, sans cependant approuver la conduite de Marat : je déclare que je ne puis voter en ce moment ; mais j'entends que mon vote seroit la peine la plus douce.

Gauthier, absent.
Royer, oui.
Jagot, absent.
Mollet, absent.
Merlinot, absent.

Département de l'Aisne.

Quinette, absent.
Jean Debry, absent.
Beffroy, absent.
Boucherau, absent.
Saint-Juft, absent.
Belin, oui.
Petit, absent.

Condorcet, absent.
Fiquet, absent.
Lecarlier, ne vote pas quant à présent.
Lozel, oui.
Dupin, jeune, absent.

Département d'Allier.

Chevalier, oui.

Martel : Comme un juge doit être sévèrement instruit des faits sur lesquels il a à prononcer ; comme jusqu'à présent je n'ai vu en Marat qu'un défenseur intrépide de la liberté et de l'égalité, que je n'ai vu en Marat que le surveillant et le dénonciateur des Lafayette, des Dumouriez, et de tous les traîtres qui ont trahi la patrie ; comme les faits qu'on impute à Marat ne sont pour moi ni prouvés ni discutés avec les principes de l'éternelle justice, qui seront toujours supérieurs à la brigue des vils satellites des tyrans et des traîtres ; je déclare donc que, fidèle à la voix de ma conscience, je croirois la trahir en faisant un acte oppressif, et servir l'infâme Dumouriez et ses adhérens, si, jusqu'à la preuve des crimes qu'on veut imputer à Marat, je ne disois pas jusqu'à présent, non.

Petit-Jean , absent.

Forestier , absent.

Beauchamp , absent.

Giraud , absent.

Vidalin : Occupé, depuis plusieurs jours, pendant sept heures, au comptage des bouts de séries à la fabrication des assignats, je n'ai point de connoissance de ce qui s'est passé à la Convention ; d'ailleurs, je n'ai point lu les écrits de Marat : je ne puis voter sur ce que je ne connois pas.

Département des Hautes-Alpes.

Barety , oui.

Borel , absent.

Izoard , ajournement.

Serre : Comme les moyens qu'on a employés pour soustraire Marat au décret d'accusation, m'ont paru visiblement liberticides ; comme je ne suis point le complice de Dumouriez ; comme je ne suis point égaré, et sur-tout comme j'ai la conviction physique et morale des délits qu'on impute à Marat, je réponds oui.

Cazeneuve , oui.

Département des Basses-Alpes.

Claude-Louis Reguis , oui.

Derbez-Latour : Comme j'ai toujours reconnu dans Marat un intrépide défenseur de la liberté et de l'égalité, un ami sincère de la république une et indivisible ; comme il a toujours poursuivi et démasqué les conspirateurs ;

Comme, depuis long-temps, Dumouriez et ses complices lui ont déclaré une guerre ouverte, et voué une haine impla-

cable ; qu'elle a redoublé depuis qu'il a proposé de mettre à
prix la tête des Bourbons transfuges ;

Que son crime est dans la basse vengeance et la passion
des traîtres dont il a arraché le masque ; que le rapport fait
contre lui est évidemment l'ouvrage d'une main ennemie ;

Que je crois qu'il n'y a que ses ennemis qui méritent le
décret d'accusation, parce qu'on n'est son ennemi qu'autant
qu'on est contre-révolutionnaire et royaliste ; que ceux qui
l'accusent de scélératesse mentent impudemment à leur conscience et à la nation, et lui prêtent leurs vices, en conséquence, je dis non.

Maisse , absent.

Peyre , absent.

Marc-Antoine Savornin , absent.

Département de l'Ardèche.

Boissy-Danglas , oui.   Garilhe , oui.
Saint-Prix , oui.   Gleizal , absent.
Gamon , oui.   Coren-Fustier , oui.
Saint-Martin , oui.

Département des Ardennes.

Blondel , oui.

Ferry , absent.

Mennesson , absent.

Dubois-Crancé : Je déclare que le rapport qui nous a été fait
sur Marat se trouve , dans les objets principaux qu'il renferme , faux et calomnieux , et je m'étois proposé d'en dé-
montrer le faux , si l'assemblée l'eût permis.

Ce rapport est calomnieux en ce que , sous le prétexte de
chercher un crime à Marat, on l'accuse d'avoir signé une
adresse de la société des amis de la liberté et de l'égalité de
Paris , laquelle adresse renferme les principes les plus purs,
principes que nul ne pourroit désavouer sans s'afficher comme
un contre-révolutionnaire.

Je déclare que ce rapport sur lequel on nous force de
prononcer sans avoir été soumis à aucune discussion , sans
avoir été communiqué à l'accusé, ce qui est une violation de
tous les principes , est évidemment l'ouvrage d'une faction
qui avoit déjà investi de ses intrigues le corps législatif, et

qui s'est accrue dans la Convention de toutes les préventions qu'elle y a introduites à force de dénonciations calomnieuses dont cette tribune a retenti depuis six mois, au grand scandale de la nation.

Cette faction, que je n'accuse pas, moi, d'être conspiratrice, de ne pas vouloir de la république, mais que j'accuse de la soif de dominer, est celle qui, dans le corps législatif, se plaça entre la cour et le peuple pour dominer l'un par l'autre. Elle a fait quelques actes de patriotisme apparens, parce qu'elle avoit besoin de popularité pour se rendre imposante à la cour, parce qu'elle combattoit entre les Jacobins, qui vouloient la liberté et l'égalité, et les Dumas, les Ramond, les Vaublanc, qui vouloient le despotisme.

Les Lameth aussi ont fait des actes apparens de patriotisme, et n'étoient que de profonds intrigans.

J'ai connu les hommes de cette faction au commencement de 1792; je les ai aimés, estimés, et alors ils étoient abhorrés des aristocrates : passant à Lyon à cette époque pour me rendre à l'armée du Var, j'ai vu que ces hommes y étoient envisagés comme des scélérats parmi toute la classe feuillantine de cette ville. A mon retour pour me rendre à la Convention, ces mêmes feuillans chantoient leurs louanges; j'en fus surpris, mais j'ai su bientôt la clef de cette métamorphose.

Citoyens, la patrie est dans le plus grand péril; la Convention est dans un état de division effrayant; nos maux sont presque à leur comble. Eh bien! je n'accuse pas, encore une fois, cette faction d'être conspiratrice, mais son existence est bien mieux prouvée que ne le fut celle du comité autrichien, en 1792, à l'assemblée législative. Personne n'ignore que c'est elle qui a fait nommer les ministres, qui vit habituellement avec eux, qui a garni leurs bureaux de ses créatures, qui a eu des liaisons, des rapports intimes avec les généraux qui nous ont trahis; personne n'ignore que cette faction influence la Convention par ses discours captieux, les départemens par les feuilles publiques qui lui sont dévouées : c'est donc elle qui depuis six mois a tout gouverné. Qu'en est-il résulté ?

Après l'expulsion des Prussiens du territoire français, la sagesse nous commandoit de garnir nos frontières et d'assurer la république en nous préparant à une vigoureuse défense au printemps. Au lieu de cela, on nous a fait envahir la Belgique, ouvrir le canal de l'Escaut pour effrayer la Hollande

et

et l'Angleterre.; on nous a fait déclarer la guerre à toute l'Europe, on ne s'est mis en mesure de la faire nulle part; on nous a fait consommer pendant cet hiver 600 millions d'extraordinaire, toutes nos munitions de guerre et de bouche; deux cent mille hommes ont péri de faim ou de froid, ou du feu de l'ennemi, ou ont été forcés de déserter; on n'a pas voulu que nous profitions, dans la Belgique, ou du droit de conquête ou des avantages de la fraternité; et une promenade de quelques jours, faite par une colonne de vingt mille autrichiens, a dissipé tous nos succès, dévoré toutes nos ressources, et laissé nos frontières sans défense.

D'un autre côté, la division, l'anarchie s'est établie dans le sein de la Convention; le peuple, qui suit l'impulsion de ses représentans, s'est également divisé dans tous les départemens, et dans plusieurs le feu de la guerre civile y a consumé les meilleurs citoyens. Voilà le fruit de l'influence de cette faction dans toutes les parties du gouvernement. Si elle n'est pas criminelle, elle est au moins imbécille; et si vous continuez à lui donner votre confiance, la patrie est perdue.

Je reviens à Marat: je déclare que je ne le connois pas, que je ne lui ai jamais parlé qu'ici, comme à tous mes collègues; je n'ai vu en lui que la fièvre du patriotisme; mais supposer que Marat, qui, dès le commencement de la révolution, a dénoncé tous les traîtres, tous les complots de la cour; que Marat, qui a vécu trois ans dans une cave pour se soustraire aux poignards de Lafayette; que Marat, qui dénonce tous les intrigans, soit un contre-révolutionnaire, c'est le comble de l'absurdité.

C'est vous qui avez donné à cet homme ignoré jusqu'ici, dont l'existence même fut long-temps un problème, une consistance qu'il ne cherchoit pas; mais il vous étoit utile pour effrayer le peuple des départemens d'une prétendue secte de *Maratistes*, c'est-à-dire pour jeter à-la-fois le ridicule et la calomnie sur les patriotes de la *Montagne*, sur ceux qu'avant le 10 août tous les royalistes appeloient républicains; et, dans leur langage, ce mot alors étoit synonyme de *factieux*. Vous avez tellement réussi à fasciner les yeux des hommes simples et purs de cette assemblée, que moi, dont certes la vie privée et publique ne craint pas le plus sévère examen, soit que j'aye monté à cette tribune, soit que j'aye eu l'honneur de vous présider, j'ai constamment été assailli des injures les plus grossières. Pourquoi? parce que, dans cette

Appel nominal.   C

enceinte, j'habite la montagne. Ah ! cette montagne est aussi pure que moi : elle a fait la révolution ; elle sauvera la république.

Vous voulez mettre Marat en état d'accusation : eh bien ! voilà votre dessein, car les intrigans ne sauroient pas leur métier, s'ils ne se servoient pas toujours d'un fer à deux tranchans.

Vous voulez que Marat soit condamné, et alors vous serez vengés par la mort de votre accusateur ; ou le tribunal révolutionnaire l'absoudra, et alors vous dénoncerez à vos départemens ce tribunal qui vous effraye, contre lequel vous vous êtes tant élevés, comme complice des crimes de Marat, et de la prétendue faction d'Orléans.

Vous êtes bien impolitiques : Marat étoit ignoré, seul avec ses lubies, souvent très-lumineuses, mais enfin il étoit sans consistance. Vous avez eu la foiblesse de vouloir vous venger de lui. Cazalès, Maury, Mallouet ont eu aussi cette foiblesse ; eh bien ! voici ce qui arrivera : la dénonciation est absurde, le fond du procès n'a aucun des caractères qu'a voulu lui donner le rapporteur ; on en sentira toute l'injustice, Marat sera absous, innocenté, et le peuple vous le rapportera en triomphe dans cette enceinte.

Je déclare, en ma conscience, qu'il n'y a pas lieu à accusation.

Vermon, absent.
Robert, absent.
Baudin, oui.
Thierriet, absent.

Departement de l'Arriège.

Vadier : Citoyens, il m'est impossible d'asseoir une opinion sur un rapport qui me paroît l'ouvrage de la passion et de la vengeance, dans une affaire où une faction oppressive a refusé toute discussion, tout ajournement, sans vouloir même entendre l'accusé, et où l'on a violé scandaleusement les lois de la justice et de l'humanité.

Je ne lis point les feuilles de Marat, je ne lui connois d'autre crime que le fanatisme de la liberté et une sainte horreur pour les conspirateurs et les tyrans. Je l'ai vu dénoncer l'hypocrite Necker, le traître Lafayette ; je l'ai vu censurer les Maury, les Cazalès, les lâches réviseurs de l'assemblée constituante, se déchaîner ensuite contre les Ramond, les Vaublanc du corps législatif, et démasquer enfin les continuateurs de Lafayette dans la Convention, en dénonçant leur complicité avec le scélérat Dumouriez.

Marat ne peut donc être un ennemi de la république, puisque tous les hommes qui l'ont trahie sont les siens.

J'ai vu avec indignation, dans cette séance, les mêmes hommes qui ont voulu sauver le tyran, voter un décret d'accusation pour se venger des dénonciations de Marat, et demander, par un contraste révoltant, le rapport du décret qui envoie les traîtres Miranda, Stengel et Lanoue au tribunal révolutionnaire. Je n'ai pu m'empêcher de reconnoître dans cette tactique les collaborateurs de Dumouriez.

Ces mêmes hommes avoient surpris hier un décret d'arrestation contre Marat, sur le fondement d'une adresse énergique et conforme aux principes de la liberté, adresse que j'ai signée avec tous les députés de la montagne, et que je signerois encore de mon sang. Le rapporteur a ajouté à ce premier grief certains numéros de Marat dont ce rapporteur est accusé d'avoir tronqué et envenimé les passages. On a dit que ces numéros sont liberticides, désorganisateurs, et qu'ils provoquent le meurtre et le pillage : mais s'il en est ainsi, je demanderai pourquoi Dumouriez n'a point disséminé ces feuilles incendiaires dans l'armée qu'il vouloit désorganiser et corrompre; au lieu d'y répandre les plattes infamies de Gorsas et de ses pareils, et de dissimuler à l'armée le bulletin véridique de la Convention.

D'après ces motifs, je conclus qu'il n'y a pas lieu, quant à présent, à accusation contre Marat, de cela seul que Dumouriez demande sa tête.

Clausel : Comme je suis persuadé que la république française, l'univers et la postérité ne pourront croire qu'il ait existé une assemblée de représentans du peuple dont l'oubli de toute justice et la barbarie soient allés jusqu'à condamner un de ses membres, sans vouloir approfondir les griefs qu'on lui impute, et sans l'avoir entendu;

Comme Marat ne fut interrogé hier que sur une phrase isolée de l'adresse des jacobins :

Comme, lorsqu'il a dénoncé ses accusateurs (que j'aime à croire innocens jusqu'à ce qu'on m'ait démontré qu'ils sont coupables) j'ai demandé le renvoi de cet objet au comité de législation, et que nul d'entre eux n'a eu la pudeur d'appuyer

C 2

ma motion, qui auroit opéré un prompt éclaircissement sur une malheureuse affaire dont l'indécision ou l'inextricabilité nuisent aussi évidemment à la chose publique, puisqu'elle tient la Convention nationale dans une agitation perpétuelle, et l'empêche de s'occuper du bonheur du peuple;

Comme les faits articulés contre Marat dans le rapport du comité, n'ont presque pas été discutés par l'assemblée; que ses accusateurs ont induit la Convention à refuser aux ames timorées un simple ajournement à trois jours, pour les examiner attentivement, tandis qu'au mépris des principes éternels de l'égalité en droits, ces mêmes personnes ont, au grand détriment de la nation, fait employer trois mois entiers pour entendre le tyran et ses défenseurs;

Je déclare que, quant à présent, ma conscience n'est pas suffisamment éclairée pour prononcer le décret d'accusation contre Marat. Je dis non; quoique je sois très-éloigné d'adopter tous les principes de ce fanatique ami de la révolution.

Campmartin, absent.

Espert, absent.

Lakanal : Vous avez consumé trois mois à discuter la cause d'un tyran, tout couvert du sang de plusieurs milliers de nos frères, et vous refusez d'accorder trois jours à un représentant du peuple, pour éclairer votre décision ! Ainsi vous avez épuisé toutes les mesures de prudence, pour sauver les oppresseurs du peuple, et vous rejetez toutes celles qui pourroient arracher au supplice les mandataires de son choix. Ce parti prompt et terrible est fort bon pour des hommes qui, dédaignant les droits du peuple, ne cherchent qu'à satisfaire de misérables passions; pour moi qui ne cherche que la vérité, moi qui la trouverois belle même dans la bouche de Marat, je déclare à mes commettans que je ne voterai dans cette cause, que lorsque les passions qui déchirent cette assemblée, se seront tues, et que l'on aura abordé franchement la question sur laquelle vous voulez prononcer, sans aucun examen préliminaire.

Gaston, absent.

Département de l'Aube.

Courtois : Attendu l'illegalité de l'acte accusatif intenté contre un représentant du peuple; attendu les crimes de Dumouriez, la complicité connue et prouvée de quelques membres qui siégent ici, avec le traître ; attendu que ces mêmes hommes sont les ennemis implacables de Marat, leur courageux dénonciateur ; je soutiens qu'il n'y a pas matière à décréter la guerre civile ; et je dis, non.

Robin, absent.

Perrin, oui.

Duval : J'ai entendu la dénonciation contre Marat ; j'ai entendu aussi ce qu'il a répondu hier, à deux reprises différentes, à la tribune. J'ai également entendu le rapport du comité ; l'intérêt de la république, mon devoir et ma conscience m'ordonnent de dire oui. Que l'on me fasse connoître d'autres coupables ; je serois également inflexible à leur égard.

Bonnemain, oui.

Pierret, oui.

Douge, oui.

Garnier, absent.

Rabaut (J.P.), oui.

Département de l'Aude.

Azéma, absent.

Bonnet : Une amère diatribe dans laquelle aucune des grandes questions que présente une cause qui peut compromettre la représentation nationale toute entière, n'a été discutée, ni même présentée, n'est pas un rapport. Il n'y a eu non plus aucune espèce de discussion : une accusation fondée sur des pièces imprimées qui n'ont été, ni avouées, ni contestées, qui n'ont pas même été communiquées, ne pouvant suffisamment éclairer mon opinion, je déclare, en mon ame et conscience, que je ne puis voter, quant-à-présent.

Ramel, même avis.

Tournier, oui.

Marragon : Je ne considère pas l'individu ; mais je considère la représentation nationale, qui émane de la souveraineté du peuple ; et je crois que dans une question aussi intéressante, une discussion impartiale et approfondie auroit dû précéder l'acte d'accusation : d'ailleurs, n'ayant pas entendu le rapport du comité, je déclare ne pouvoir voter quant-à-présent.

C 3

Rerès, jeune, oui.
Morin, oui.
Girard, oui.

Département de l'Aveiron.

Bo, absent.
Saint-Martin-Valogne, oui.
Lobinhes, absent.
Bernard-Saint-Afrique, oui.
Camboulas, absent.
Second, quelqu'un dit oui pour lui, alors absent.
Joseph Lacombe, absent.
Louchet : Je me rappele que dans le temps où les chefs de la faction qui poursuit Marat nouoient leurs complots avec Dumouriez, leur premier acte contre les républicains, fut de vouloir étouffer les cris de la sentinelle la plus vigilante du patriotisme, Marat. Un homme se présenta à cette tribune, où, par l'arme de la raison et la force du civisme, il défendit Marat, et le premier fit pâlir les conjurés. Cet homme courageux, éclairé et républicain, ce fut Lepelletier. Souvenez-vous-en, citoyens, Lepelletier fut le premier qui frappa de terreur les perfides accusateurs de Marat. Que vois-je écrit, législateur immortel, dans le sang que tu as versé pour la patrie ? J'y lis, avec les républicains de France, qu'il faut exterminer les traîtres. Ce Langage, citoyens, fut toujours celui de Marat.

Un peu exaspéré par les infâmes trahisons auxquelles le peuple est en proie depuis quatre ans ; mais je regarde Marat comme un homme révolutionnaire et sincère ami de la liberté et de l'égalité, comme le fléau le plus terrible du royalisme, du feuillantisme et du modérantisme ; comme la première victime que les Lafayette, les Dumouriez et les tyrans coalisés pour anéantir la République française, immoleroient à leur rage, si la contre-révolution n'étoit pas impossible; je dis non.

Godefroy Yzarn, dit Valady, absent.

Département des Bouches-du-Rhône.

Jean Duprat, oui.

Rebecquy, absent.

Barbaroux : Indépendamment des faits relatés dans les rapports du comité ds législation, il en est deux particuliers qui déterminent mon opinion. Ces faits sont connus de Granet et Pierre Bayle, deux de mes collegues, qui siégent à la Montagne, et qui ne peuvent les nier, puis qu'ils les ont signés de leur main et fait afficher. Je les rapporte :

Le premier fait, c'est que les feuilles de Marat étoient distribuées l'année dernière à la porte de cette enceinte par des valets portant les livrées du roi, tant elles favorisoient les projets de la cour, en propageant l'anarchie !

Le second fait, c'est que dans le mois de juillet dernier, lorsque les Marseillois, qui, à ma demande, venoient à Paris pour attaquer le château des Tuileries, étoient près d'arriver, Marat m'envoya un écrit qui fut lu par Granet et Pierre Bayle, dans lequel il provoquoit les Marseillois à dissoudre l'assemblée législative, et à conserver religieusement le roi et sa famille.

En conséquence, je dis, oui.

Granet : comme je ne suis pas bâtard de la Montagne de France, mais enfant avoué de la fière Marseille, qui s'est toujours moquée des grands tyrans et des tyranneaux ; comme le 10 août je n'étois pas caché avec Barbaroux, mais à mon poste, où je votois tranquillement la réclusion du tyran, en attendant sa mort ; je ne devrois pas voter dans une affaire que la passion, l'intrigue et la peur, et non l'amour du bien public, ont dictée à tous ceux que Marseille a signalés depuis long-temps, comme les ennemis de la liberté et de l'égalité ; mais malgré cela je vote pour le non.

Durand-Maillane, absent.

Gasparin, absent.

Moise Bayle, absent.

Baille : Barbaroux est trop méprisé es trop méprisable, pour que je m'abaisse à lui répondre. Tout le monde sait que Marseille lui a donné une cartouche jaune. Je ne rappellerai qu'un seul fait : Barbaroux a séduit le deuxième bataillon des républicains Marseillois, et a voulu les faire fondre sur la Convention, le jour où l'on devoit voter la mort du tyran, pour soutenir l'appel au peuple. Il est temps que le rapport se fasse, pour savoir enfin quels sont ceux qui ont voulu dissoudre la Convention nationale. Je viens à Marat.

C 4

Attendu qu'il est évident que c'est ici un complot formé contre la liberté, concerté avec Dumouriez; attendu qu'on n'a provoqué contre Marat un décret d'accusation, que parcequ'il avoit proposé de mettre à prix la tête des Bourbons, et de renvoyer à un tribunal révolutionnaire Égalité père, pour découvrir les complices d'une faction qu'un excès de machiavélisme vouloit faire rejeter sur nous;

Attendu que le principal grief contre Marat est cette adresse des Jacobins qu'il a signée, et à laquelle je me fais gloire d'avoir adhéré;

Attendu que le rapporteur a voulu donner un effet rétroactif à une loi rendue dans le mois de mars, en y appliquant un numéro de Marat, du 25 février dernier;

Attendu que tous les principes de l'équité se trouvent violés, puisque l'acte d'accusation n'a pas même été signifié à l'accusé, puisque ceux qui ont provoqué ce décret avoient été eux-mêmes accusés antérieurement par Marat, et qu'ils ne peuvent être juges et parties;

Attendu qu'il faut enfin que le peuple connoisse ses ennemis; et puisque le rapport que j'attaque de faux n'a pas été discuté, je ne vote pas. Je dis au peuple : voilà ceux qui te trahissent.

Rovère, absent.
Deperret, absent.
Pélissier, absent.
Laurent, non.

Département du Calvados.

Fauchet : J'ai défendu Marat contre Lafayette; je le défendrois encore plus volontiers contre Dumouriez devenu traître; mais je ne le défendrai pas contre la justice, la morale, la liberté, la république; il a prêché le pillage, la desorganisation et le meurtre; il a écrit textuellement qu'il falloit un maître à la France : je vote pour le décret d'accusation.

Dubois-Dubais (Thibault), absent.
Lomont Citoyens, ne respirant et ne votant que pour le bien public, et particulièrement interprète, en cette circonstance, des vrais républicains du Calvados, qui rend à Marat la justice qu'il mérite, c'est-à-dire, qui lui vouent un

profond et éternel mépris, je vote pour le décret d'accusation.

Henri Larivière, oui.

Bonnet, absent.

Vardon, oui.

Doulcet, oui.

Taveau : J'ai voulu éviter à ma patrie les malheurs que je vois prêts à fondre sur elle. J'ai fait ce matin de vains efforts ; ma voix n'a pu se faire entendre, ou plutôt on n'a eu aucun égard à mes observations. Les passions qu'on a eu soin d'exciter dans le sein de cette assemblée, sont un obstacle insurmontable au bien qu'elle pourroit faire. Elles entraîneront bientôt la ruine de la République, si on ne s'occupe promptement de les faire cesser.

Je ne lis jamais les ouvrages de Marat ; on lui suppose des torts bien graves ; je blâme hautement la morale qu'il professe, mais n'ayant point entendu le rapport du comité de législation, ignorant absolument quels sont les griefs sur lesquels repose le projet qui vous est présenté, j'ai voté pour l'ajournement à mercredi.

Dans une affaire aussi importante, la précipitation peut avoir des suites funestes. On ne doit se décider qu'après un examen réfléchi, qui puisse porter la conviction dans les esprits. Je ne veux prononcer qu'après cet examen ; en conséquence, je persiste à demander l'ajournement à mercredi, et que Marat reste en état d'arrestation jusqu'à ce que l'assemblée ait pris une décision.

Jouenne, oui.

Dumont, oui.

Cussy, oui.

Legot, absent.

Philippe Delleville, oui.

Département du Cantal.

Thibault, absent.

Mil.... : Marat dénonça Necker ; les aristocrates crièrent contre Marat et Necker fut un traître. Marat dénonça Lafayette ; les aristocrates crièrent contre Marat, et Lafayette fut un traître. Marat dénonça Louis Capet; les aristocrates crièrent contre Marat, et Louis Capet fut un traître. Marat a dénoncé Dumouriez; les aristocrates ont crié contre lui, et Dumouriez est un traître. Il a donc été le prophète de tous nos malheurs : c'est lui qui a toujours donné l'éveil au peuple sur les trames de tous ses ennemis les plus cruels, et tous ses avis n'ont été malheureusement que trop fondés. La misère profonde du peuple a déchiré le cœur de cet homme révolutionnaire, et il a demandé qu'au défaut de la loi, le glaive populaire frappât la tête des accapareurs. Les complots liberticides et les trahisons innombrables qui ont si souvent mis la patrie au bord de l'abyme ont exalté son ame abreuvée des persécutions du despotisme, et il a crié au peuple de se lever et d'exterminer tous les conspirateurs qui déchirent la république. Et quel est le patriote, qui, comme lui, ne voudroit pas voir anéantir les complices de l'infâme Pâris, et ces hordes de brigands qui, dans plusieurs de nos départemens, ravagent les villes et les campagnes, égorgent les femmes et les enfans des républicains; en criant: *vive le roi, périssent les régicides*! N'est-ce pas Marat qui a appelé avec plus d'énergie l'opprobre et la vengeance nationale sur la tête des Bourbons? Et ceux qui l'accusent aujourd'hui, ne sont-ils pas les mêmes hommes qui ont éloigné cette mesure salutaire? Le scélérat Dumouriez, principal agent de la faction royaliste, désigne Marat comme sa première victime; et c'est Marat qu'on a l'impudeur de proscrire, tandis que Salles, qui provoquoit dans son département la violation de la représentation nationale, et un attentat semblable à l'attentat de Dumouriez, l'arrestation des commissaires envoyés par la Convention, siége encore parmi nous, et se compte au rang des accusateurs du républicain, ennemi le plus redoutable du traître Dumouriez et de tous ses complices.

Ah ! s'il existoit une liste civile pour la défense de Marat, sans doute qu'alors une discussion longue et profondément combinée se seroit ouverte sur son sort; mais Marat n'est que l'ami du peuple Sans-Culotte. J'ai voté la mort du tyran, sans appel et sans sursis, et je vote de même contre le décret d'accusation dont on veut frapper un fidèle représentant du peuple.

Nota. Lorsque Marat eut dénoncé Lafayette, il fut forcé

de s'expatrier en Angléterre, pour se soustraire à la vengeance du traître ; et pendant son absence, on faisoit fabriquer à Paris des feuilles sous son nom qui contenoient des mesures contraires à l'esprit de Marat. Donc, il falloit vérifier les pièces, et accorder un délai à un législateur accusé, puisqu'on nous avoit si lâchement traînés sur le procès du tyran.

Mejanshc, absent.

Lacoste, absent.

Carrié, absent.

Joseph Mailhe ne vote pas.

Chabanon, absent.

Peuvergue, absent.

Département de Cayenne et Guyenne française.

Pomme : Entré depuis deux jours dans le sein de la Convention, je n'ai pu prendre une connoissance exacte de tous les faits avancés pour ou contre le citoyen Marat. J'y ai vu une lutte scandaleuse entre deux partis acharnés l'un contre l'autre. L'esprit interdit, la mémoire absorbée, le cœur navré de tout ce que j'ai vu, entendu dans les deux dernières séances, je ne puis rien débrouiller dans un chaos de dénonciations réciproques : cependant, citoyens, dans un élan de patriotisme et de l'amour pour la république, après la lecture de la circulaire qu'on impute à Marat, et qui n'est que celle d'une société qu'il présidoit, dont je ne suis point membre, et que je n'ai jamais fréquentée ; un membre ayant dit que tous les amis de la liberté et les ennemis de Dumouriez ne pouvoient se dispenser de la signer, je l'ai signée, parce que je n'en adopte que les principes républicains, et non les conséquences criminelles qu'on voudroit en tirer : je ne puis donc voter, quant à présent.

Département de la Charente.

Bellegarde, absent.

Guimberteau, absent.

Chazeau, absent.

Chedaneau, non.

Ribereau, oui.

Devars : Je suis convaincu que Marat est coupable de la majorité des délits qui lui sont imputés, et fortement suspecté des autres ; mais j'ai pensé que la représentation nationale exige que la question dont il s'agit soit examinée d'une manière plus approfondie, et que l'ajournement proposé à mercredi prochain doit être adopté. En conséquence, je déclare ne pouvoir émettre d'autre vœu quant-à-présent.

Brun, absent.

Crevelier, absent.

Maulde, oui.

Département de la Charente-Inférieure.

Bernard, absent.

Breart, absent.

Eschasseriaux, absent.

Niou, absent.

Ruamps, absent.

Garnier : Je ne viens point ici justifier Marat : mais depuis quand a-t-on puni, dans le légiflateur, la faute du journaliste ? Depuis quand les accusés condamnent-ils l'accusateur ?

En suivant le fil des passions qui nous déchirent, une série de faits donne lieu à de profondes réflexions.

Lepelletier a été assassiné ; il étoit patriote : Bourdon a été atteint d'un fer parricide ; il est patriote. Dumouriez demande la tête de Marat ; Dumouriez a trahi la patrie ; et c'est à Dumouriez que le côté droit sacrifie Marat.

Citoyens, où est la conjuration ?

Ombre sacrée de Lepelletier, qui reposes au milieu de nous ! toi qui as défendu avec courage, dans cette enceinte, la liberté de la presse, garde-toi bien de desirer le réveil, car la liberté de la presse n'existe plus. Le temple des lois n'est plus qu'une arêne où l'on pardonne à ceux qui tirent le poignard contre les patriotes, et où il n'est point de pardon pour ceux qui dénoncent les traîtres et les conspirateurs. Défenseurs des principes éternels, je ne vois point ici Marat, mais les droits de l'homme qu'on viole ; et je dis, non.

Dechezeau : Convaincu que Marat est coupable, je n'hésite pas à le déclarer ; mais ayant voté pour l'ajournement à mercredi, parce qu'il me sembloit nécessaire qu'il y eût de l'intervalle, que la discussion fût ouverte, et que le décret d'accusation en fut le résultat réfléchi,

Je déclare ne pas voter.

Lozeau : Je déclare ne point partager les erreurs de Marat; mais comme je ne suis point convaincu par le rapport du comité de législation ; comme je ne veux servir aucune passion particulière, et que je n'ai d'autre passion que celle de la liberté de mon pays ; comme je suis intimement persuadé d'ailleurs que le maintien de la liberté et de l'égalité ne dépendra jamais d'un individu, quelle que soit d'ailleurs sa folie ou sa méchanceté.

Je déclare ne point voter quant-à-présent,

Giraud, absent.

Vinet, absent.

Dautriche ; absent.

Département du Cher.

Allassœur, oui.

Foucher, absent.

Baucheton : Comme je ne suis, ni de la faction de Dumou-mouriez, ni de celle des anarchistes et des provocateurs au meurtre et au pillage, je dis, oui.

Fauvre Labrunerie, absent.

Dugenne, oui.

Pelletier : Comme Il est de principe que le juré d'accusation ne peut ni ne doit prononcer sur le sort d'un prévenu, sans qu'on ait mis sous ses yeux la dénonciation, l'interrogatoire et l'information; que la liberté et la vie des citoyens reposent sur cette formalité qui n'a pas été observée dans cette affaire, et qu'il ne m'a pas été possible d'entendre le rapport du comité de législation, et la lecture des pièces qui en sont la base, je déclare que je ne peux, quant-à-présent, émettre mon vœu.

Département de la Corrèze.

Brival : Pendant long-temps j'ai regardé les écrits de Marat comme exagérés, parce que je ne croyois pas à la perfidie de certains personnages, c'est-à-dire, des meneurs d'une partie de cette assemblée ; depuis que j'ai vu que ces hommes ont tout mis en œuvre pour sauver Louis Capet ; depuis que j'ai vu que ces mêmes hommes voudroient rétablir sur le trône le fils de ce dernier tyran, avec lequel ils avoient transigé ; depuis que j'ai vu qu'ils entretenoient une correspondance criminelle avec Dumouriez ; depuis enfin que je me suis assuré de leur perfidie, je n'ai vu dans Marat qu'un bon patriote, qu'un ami de la république, et je déclare que je regarderois un décret d'accusation rendu contre lui, comme le jour de la mort de la liberté, si la liberté pouvoit mourir ; et quoique j'espère toujours que le peuple de toute la république levée en masse fera rentrer dans la poussière les conspirateurs et les exterminera ; qu'il détruiroit même, s'il le falloit, par sa toute puissance, l'effet d'un décret dicté par la passion, la vengeance et l'injustice ; comme je me souviens d'avoir entendu Marat déclarer formellement à cette tribune que malgré la scélératesse de certains membres de cette assemblée, s'il savoit qu'ils fussent exposés, il se placeroit entre eux et l'assassin ; que le rapporteur a eu la perfidie d'oublier ce fait, qui seul justifioit Marat ; que le rapporteur a tout altéré, tout dénaturé dans son rapport ; qu'on n'a pas même voulu laisser discuter ce rapport, ni entendre les preuves d'une conspiration contre Marat, annoncée par le comité de sûreté générale ; que ses accusateurs ont eu la lâcheté et l'infamie de demeurer ses juges, et qu'ils n'ont eu pour motif, en précipitant le décret d'accusation, que de se débarrasser d'un surveillant qui les gêne, je dis, non.

Borie, absent

Chambon, oui : si des vociférations et des opérations poussées jusqu'à la fureur, pouvoient arracher ou faire balancer celle d'un honnête homme, je ne pourrois conserver la mienne ; mais comme la conscience d'un homme de bien est au-dessus de toute crainte, et que je suis convaincu que Marat est l'instrument d'une faction redoutable, qui n'a cessé de travailler à la résurrection de la royauté ; comme Marat et ses partisans ont toujours été les constans affidés du ci-devant d'Orléans, dont les piéges sont heureusement découverts ; et comme j'ai toujours reconnu Marat prêchant de parole et par écrit le meurtre, l'assassinat, l'attaque des propriétés, le pillage ; pour être en même-temps l'instrument dangereux dont des hommes plus habiles se servoient, n'osant se couvrir eux-mêmes des crimes qu'ils lui faisoient commettre ; comme aussi Marat a osé déclarer par écrit, qu'il falloit un maître pour sauver l'Etat, je déclare que Marat a mérité le décret d'accusation auquel je conclus, et je demande, d'après cela, qui de moi ou de ceux qui m'improuvent, méritent mieux de leur pays.

Lydon, oui.

Lanot, non.

Penière, oui.

Lafond, absent.

Département de la Côte-d'Or.

Bazire, absent.

Guyton-Morveau, absent.

Prieur, absent.

Oudot, ajournement.

Guyot (Florent), absent.

Lambert, absent.

Marey, jeune, oui.

Trullard, absent.

Rameau, oui.

Berlier, absent.

Département des Côtes-du-Nord.

Coupé, oui.

Champeaux, oui.

Gautier, jeune, oui.

Guyomard, oui : Citoyens, ici nous employons tous le même langage. Jugeons les hommes par les actions : on parle de patriotisme, de sans-culotterie ; eh bien ! je déclare que la révolution actuelle a donné des culottes à ceux qui n'en avoient pas auparavant. Ce sont ceux-là qui se vantent d'être les patriotes par excellence, et de vouloir sauver seuls la chose publique : eh bien ! je puis me vanter aussi d'être républicain très-incorruptible, et votre comité de sûreté-générale peut me rendre justice, ainsi qu'à toute la députation. Ennemi juré des rois, des aristocrates, des prêtres réfractaires, en un mot, de tous les ex-gentilshommes et ex-prêtres métamorphosés, à mon grand étonnement, en citoyens toutefois partisans de l'ancien régime, je combattrai leurs manœuvres, et leur arracherai le masque du patriotisme : c'est à moi, qui ne tiens à aucun parti, à aucun, je le répète ; c'est à moi à les démasquer à l'instant où ils affichent le fanatisme et le délire du patriotisme ; sa boussole est la loi : or, l'homme qui se met au-dessus de la loi est coupable à mes yeux.

Marat a prêché la violation des personnes et des propriétés, violation subversive de toute société. Marat, vil esclave d'Orléans qui le soudoyoit, a demandé un maître. Marat a demandé la dissolution de la Convention nationale, point central de la nation française. Marat est donc complice de Dumouriez, agent de la faction d'Orléans, et je défie que l'on m'y trouve compliqué, ou dans toute autre; je le trouve coupable des trames infernales que ses amis emploient au grand scandale de la nation souveraine, outragée par les vociférations de gens soudoyés ou égarés. Marat fait mouvoir bien des partisans qui, comme lui, entravent aujourd'hui la marche de la Convention, entrave que je regarde comme le marasme patriotique : je serois coupable si je balançois entre un homme et ma patrie. Le salut du peuple français est ma loi suprême : je veux la République une, indivisible, parfaitement démocratique; je ne veux ni tribun, ni dictateur, ni triumvir, mais la souveraineté du peuple : je dois donc demander un décret d'accusation contre Marat, qui a tenté de la renverser; et je dis avec la fermeté et le courage inné dans un ex-Breton, oui.

Fleury, oui.
Girault, absent.
Loncle, oui.
Goudelin, oui.

Département de la Creuse.

Huguet, absent.
Debourges, absent.
Coutisson-Dumas, oui. Comme j'aime autant la République, une et indivisible, que je déteste la royauté; comme j'aime à ne pas trouver de coupables, je desire que Marat puisse se justifier des différentes conspirations qu'il a manifestées dans plusieurs de ses numéros; mais quant-à-présent, je vote pour l'accusation.
Guyés, non.
Jaurand, non : Si j'étois convaincu que Marat ne fût pas un fou, je le regarderois comme un grand criminel, et je n'hésiterois pas à dire oui; mais j'ai pensé, j'ai dit, j'ai écrit qu'il étoit fou, et méritoit plus de mépris que d'animadversion; je le pense encore : je crois donc, jusqu'à plus amples

amples éclaircissemens, que sa place est aux Petites-Maisons, et je prononce non.

Barailon, absent.

Texier, absent.

Département de la Dordogne.

Lamarque, absent.

Pinet, aîné, non, quant-à-présent : Si j'avois pu douter jusqu'à-présent que Dumouriez et Cobourg eussent des amis parmi nous, j'en serois convaincu ; maintenant, après avoir entendu contre un représentant du peuple, un rapport où respirent la passion, l'esprit de vengence et la bassesse ; après avoir été témoin de la partialité, de l'injustice et de la tyrannie exercée dans cette occasion, pour condamner sans l'entendre un mandataire du peuple, sans avoir voulu même ouvrir de discussion, écouter aucune justification, et mettre sous les yeux des juges les pièces à l'appui des griefs qu'on lui impute ; dans le temps qu'on a eu l'impudeur, la lâcheté de discuter pendant quatre mois si l'assassin du peuple seroit env yé à l'échafaud : ne pouvant pas empêcher une infamie, je ne la partagerai pas du moins avec les officieux défenseurs du tyran, avec les Vergniaud, les Gensonné, les Guadet, les Barbaroux, les Buzot, que Marat a démasqués ; ainsi, sans approuver toutes ses opinions, j'ai toujours regardé Marat comme un bon citoyen, dont les plus grands ennemis sont Dumouriez et ses scélérats complices ; je déclare que ma conscience m'ordonne de dire non, quant-à-présent.

Lacoste, absent.

Roux-Fazillac, absent.

Taillefer, non : Si mon cœur répugne de juger un accusé sans avoir déployé en sa faveur toutes les formes conservatoires, je déclare qu'à plus forte raison il m'est impossible d'opiner contre un de mes collègues, sans qu'il ait été entendu dans sa justification, ou en personne ou par ses défenseurs. D'ailleurs, je ne connois pas l'adresse des Jacobins, encore moins les numéros de Marat ; j'ai peu suivi les faits relatés par le rapporteur : le rapport m'a paru indigeste et inexact ; la délibération qui l'a suivi, commencée sans discussion préalable : en conséquence, je ne puis prononcer : je vois dans cette affaire précipitation, oubli des formes,

Appel nominal.   D

esprit de parti ; je craindrois de servir des passions étrangères à l'intérêt de l'Etat , et je rejette l'accusation.

Peyssard, absent.

Cambort, absent.

Allafort, absent.

Meynard, non.

Bouquier, aîné, non : Comme ce n'est pas d'après des feuilles qu'un colporteur crie à deux sous, mais d'après des pièces écrites et signées de la main d'un individu, ou d'après des accusations légales rendues contre un individu, qu'on peut l'accuser, je déclare que jusqu'à ce qu'on ait mis sous mes yeux des pièces probantes contre Marat, il n'y a pas lieu à accusation contre lui.

Département du Doubs.

Quirot, absent.

Michaud, absent

Seguin, absent.

Monnot, absent.

Vernetey, absent.

Besson, absent.

Département de la Drôme.

Jullien, absent.

Sauteyra, absent.

Gerente, oui.

Marbos, oui.

Boisset, absent.

Colaud, absent.

Jacomin, absent.

Fayolle, oui.

Martinel, absent.

Département de l'Eure.

Léonard Buzot, demande à s'abstenir.

Duroy, absent.

Lindet, absent.

Richoux, oui.

Lemaréchal, oui : Personne ne respecte plus que moi la liberté des opinions, et je gémis toutes les fois que j'y vois porter atteinte, parce que je suis convaincu que sans cette liberté, il n'y a plus que despotisme et tyrannie; mais je suis en même-temps l'ennemi le plus irréconciliable des scélérats qui provoquent sans cesse au meurtre, à l'assassinat, au pillage

et à la destruction des propriétés : au reste, comme je ne
tiens à aucune secte, à aucun parti, et que j'ai déja prouvé
que ni les circonstances, ni les menaces, ni les poignards
ne pouvoient me faire dévier des principes de la justice et
du desir le plus ardent de délivrer ma patrie de tous les
genres d'oppression, je brave d'avance tous les traits de la
calomnie, et je déclare qu'il y a lieu à accusation contre
Marat.

Topsent, absent.

Bouillerot, absent.

Vallée, absent.

Savary, absent.

Dubusc, oui.

Robert Lindet, non : Marat a servi son pays ; il a servi le
genre-humain ; il s'est déclaré l'ami du peuple et l'ennemi
des tyrans ; il a méprisé et rejeté les faveurs de la fortune ;
il a bravé les dangers ; il a mis en péril sa liberté et sa vie,
pour combattre le despotisme et proclamer les droits de
l'homme. Il a soutenu constamment, et avec courage, le
même caractère avant et depuis la révolution.

On l'accuse aujourd'hui d'avoir provoqué au meurtre et au
pillage, d'avoir préparé la dissolution de la Convention nationale, et l'anarchie qui doit ramener le despotisme.

Marat a eu le courage d'accuser et de dénoncer avec persévérance tous les traîtres, les généraux, les fonctionnaires
publics, civils et militaires, les prêtres et les ex-privilégiés.

Il a dénoncé et accusé les capitalistes agioteurs, et les
accapareurs.

Il a rempli la tâche pénible et dangereuse de poursuivre
ces deux espèces d'ennemis de la liberté, qui sont les plus
redoutables fléaux que la France ait à combattre.

Il me semble qu'on dénature d'une manière criminelle,
l'objet de ses travaux et ses intentions connues. Je n'ai vu en
lui que le plus ardent investigateur des crimes des traîtres,
des contre-révolutionnaires, et des ennemis de la liberté et de
l'égalité.

On l'accuse d'avoir provoqué au meurtre : mais il n'a
cessé de réclamer contre la négligence des tribunaux, contre
l'impunité dont s'étoient toujours couverts les grands coupables.

On l'accuse d'avoir provoqué le pillage. Auroit-on la perfidie de confondre des dénonciations civiques contre l'agiotage et l'accaparement, avec la provocation au pillage ?

On l'accuse encore d'avoir voulu livrer la France à l'anarchie ; mais il s'est attaché persévéramment, à démasquer les traîtres, à nous avertir des maux qui nous menaçoient. Il s'est efforcé, et souvent, afin de nous inspirer une défiance salutaire, de combattre une funeste sécurité, de provoquer la vigilance des fonctionnaires et des autorités constituées ; il s'est plaint des hommes foibles, complaisans ou politiques ; il a dû le faire.

Sa censure a été amère et quelquefois injuste ; il a quelquefois confondu des amis de la République, dont il désapprouvoit quelques opinions, avec ses ennemis. On peut être quelquefois injuste, quand on s'est chargé, comme lui, de la tâche de dévoiler tous les complots et toutes les machinations des traîtres et des politiques.

Est-ce dans des temps de révolution, est-ce dans les malheureux temps où nous sommes, et au milieu des périls qui nous environnent, que l'on doit examiner froidement les conceptions d'un écrivain patriote ? faut-il réprimer les élans de la liberté ? faut-il juger la sentinelle de la liberté, qui écrit au milieu des orages et des tempêtes, comme un journaliste indifférent qui exerce une censure inutile, dans les temps d'une profonde paix ? quelles bornes voudriez-vous assigner au génie de l'homme libre et indépendant ? la ligne de démarcation est-elle connue ? peut-on la tracer dans les circonstances qui nous pressent ?

Marat a voulu la République ; il a appelé le concours de tous les bons citoyens, pour la fonder et la maintenir : il n'a jamais pu avoir l'intention de provoquer au meurtre et au pillage ; ses accusateurs même ne croient pas qu'il l'ait eue. Son délit ne consisteroit donc que dans la violence de ses dénonciations, et l'impétuosité de son caractère, dans cette haine qu'il a manifestée contre les traîtres et les ennemis de la patrie.

On vous l'a représenté comme un écrivain incendiaire, parce qu'il a souvent prévenu l'opinion publique, qu'il a attaqué des hommes puissans qui étoient encore investis de votre confiance, et dont vous n'aviez pas pénétré les perfides desseins. Ainsi la démarche du peuple de Paris, du 20 juin, fut calomniée, parce que la France n'étoit pas encore assez éclairée sur les trahisons de la cour et de Lafayette, que l'Assemblée nationale étoit encore indécise ; ce ne fut que la célèbre journée du 10 août qui éclaira tous les départemens, rallia tous les Français à la liberté, et en fit un peuple de frères.

Marat avoit jugé Dumouriez, et il l'avoit dénoncé à la Convention nationale et à la France, avant que le traître eût levé le masque, et que forcés par les événemens, vous eussiez prononcé que Dumouriez avoit trahi sa patrie.

Marat a dénoncé l'agiotage et les accaparemens; il a encore été le fanal de l'opinion. On ne croyoit peut-être pas, au commencement de Mars, que l'on en viendroit à ces grandes mesures de salut public, que vous avez décrétées les 8 et 11 de ce mois. Vous avez prohibé la vente du numéraire; vous avez frappé l'agiotage dans sa source : la loi que vous avez rendue, appelle de nouvelles mesures que vous ne laisserez sans doute pas attendre long-temps; et vous saurez préserver la classe indigente du peuple, du renchérissement subit des denrées de première nécessité, et de ces jeux de la hausse et de la baisse qui font disparoître ou resserrer ses subsistances.

Le but que s'étoit proposé Marat, est rempli. On a blâmé ses plaintes, ses emportemens; mais il ne provoquoît pas le pillage qui a eu lieu et qui a été exagéré; il a provoqué le bien que vous avez fait, et qu'il desiroit que l'on pût faire plus tôt.

Je ne puis appercevoir dans la conduite de Marat un motif de l'accuser. Eh! quel temps, citoyens, prenez-vous pour accuser un de vos collègues et vous abandonner à toutes les passions qui vous agitent! La France ne croira pas que l'objet actuel de votre délibération intéresse le bonheur de la patrie; elle n'y verra que le jeu de vos passions. Vous devez aux Français un grand exemple : c'est celui du courage, de l'union et de l'amour de la patrie. Quel jugement portera de nous la postérité, lorsqu'elle lira qu'environnée de périls, pressée par les ennemis au dehors et au-dedans, la Convention nationale, au lieu de poursuivre les conspirateurs et les contre-révolutionnaires, a employé plusieurs séances à attaquer la représentation nationale, à porter un décret d'accusation contre un de ses membres?

Si vous voulez remplir vos devoirs, poursuivez les traîtres; faites punir les complices de Dumouriez : il a pris soin de vous les désigner; Miranda les a nommés. Pour moi, je me croirois coupable d'attentat contre la liberté publique et la représentation nationale, si je votois un décret d'accusation contre un de mes collègues, un représentant du peuple, qui a servi sa patrie, combattu le despotisme et démasqué les traîtres. Vous avez refusé d'entendre votre collègue : vous ne vous êtes pas même assurés s'il est l'auteur des numéros que l'on vous a lus, et dont le public vous accusera peut-être d'avoir méconnu l'intention.

Département d'Eure-et-Loir.

Delacroix, non : A mon sens, la conduite de Marat n'est pas à l'abri de tout reproche ; il a été dénoncé : il falloit vérifier les faits articulés contre lui, les discuter froidement, les examiner, et prononcer.

Ce n'est pas ce qu'on a fait ; les ennemis de Marat ont réuni tout-a-la-fois les rôles d'accusateurs, de témoins, de juges : ils ont fait plus, ils n'ont pas voulu souffrir qu'on vérifiât les délits qu'on imputoit a Marat, et dont quelques-uns cependant étoient maintenus faux par plusieurs de nos collègues. Ils nous ont forcés à délibérer sur un rapport partial, fait a la hâte, dicté par la passion ; ils se sont opposés à un ajournement de trois jours, qui nous auroit laissé le temps de vérifier les faits et d'examiner les pièces ; dans cette espèce d'instruction, on a substitué l'acharnement le plus indécent, le plus tyrannique, a cette impartialité qui doit accompagner et caractériser toutes les actions des législateurs.

Citoyens, un des plus grands malheurs de la République, est le départ de nos collègues patriotes envoyés dans les départemens. Leur absence a donné la majorité à cette faction ambitieuse, qui nous tyrannise si cruellement : oui, depuis le départ de nos collègues patriotes, les principes ont été violés, la souveraineté du peuple méconnue, la liberté persécutée, égorgée. J'en ai fait, moi, deux fois de suite l'expérience ; deux fois aujourd'hui j'ai été éconduit par le côté droit de cette tribune, où je me suis présenté pour jouir du droit que j'ai reçu de mes commettans, d'émettre mon opinion, après avoir obtenu la parole du président, qui n'a pu me la maintenir, ni m'obtenir du silence.

Citoyens, prononcer le décret d'accusation qui vous est proposé, ce seroit souscrire à l'article préliminaire de la négociation ou de la capitulation qui sera sans doute incessamment proposée par Cobourg et Dumouriez, qui ont fait proclamer, à la tête de leurs armées, le fils de Louis Capet, roi de France et de Navarre, sous le nom de Louis XVII; négociation qui ne pourra être acceptée que par ceux d'entre nous qui ont fait tous leurs efforts pour sauver le tyran, qui ont des espérances sur son fils, et qui attendent, pour assassiner la République et rétablir la royauté, une circonstance qu'ils ont cru prochaine, d'après nos premiers revers, qui sont l'ouvrage de la trahison et de la perfidie de Dumouriez.

Accusé pendant mon absence d'avoir été le complice de ce traître, dénoncé comme un conspirateur le jour même que je me dévouois pour en débarasser ma patrie, je demande que la Convention nationale fixe un jour pour entendre le compte général de la commission dans la Belgique, et pour entendre ma justification personnelle, car mon calomniateur a le soin de m'isoler de mes collègues, de mes collaborateurs dans la mission qui nous avoit été confiée. J'établirai, pièces en main, que j'ai été calomnié sciemment et avec intention. Je prouverai que je n'ai eu avec Dumouriez qu'une seule conférence, pendant la nuit, au retour de la bataille devant Louvain; que, depuis le mois de décembre ou de janvier, je n'ai pas vu Dumouriez; qu'il étoit à Paris pendant que j'étois à Liége; que lorsque je suis revenu à Paris, il est parti pour l'expédition de la Hollande, et que depuis mon retour dans la Belgique, je ne l'ai vu que quelques heures à Louvain. Tous ces faits sont prouvés par des actes et des lettres adressées à la Convention dans le temps, et lues dans son sein. Et si, d'après les explications palpables que je donnerai de mon innocence, il reste encore des soupçons sur ma conduite à un seul de mes ennemis, (et j'en ai beaucoup ici) je demanderai à être envoyé au tribunal révolutionnaire; et je déclare d'avance que je regarderai et proclamerai comme des lâches, ceux de mes calomniateurs et de leurs adhérens qui n'auront pas le courage de voter cette mesure que je provoquerai moi-même.

Je suis d'avis sur l'affaire de Marat, qu'il y a lieu à ajourner, et non à accusation quant à présent.

Brissot, absent.
Pétion, s'abstient
Giroust, oui.
Lesage, absent.
Loiseau, absent.

Bourgeois, absent.

Châles, absent.

Fremenger: Parce que Marat a constamment lutté contre les passions dégoûtantes d'une faction criminelle ; parce Marat a manifesté une opinion que je partage, opinion pour laquelle il est, à la honte de cette assemblée, détenu à l'Abbaye ; je déclare que je rougirois de prononcer contre ce citoyen le décret d'accusation : c'est pourquoi je dis non.

Département du Finistère.

Bohan ne vote pas.

Blad, absent.

Guezno, absent.

Marec : Marat m'a fait l'honneur de me calomnier deux fois dans ses feuilles : ce motif m'interdit la faculté de voter dans cette question.

J. Queinec, oui.

Kervelegan s'abstient de voter par les mêmes motifs qu'a donnés son collègue Marec.

Guermeur, absent.

Gommaire : Comme j'ai été plusieurs fois cité et nommé comme aristocrate et conspirateur par Marat dans ses feuilles, et même à la tribune dans ses discours, je m'abstiens de voter.

Département du Gard.

Leyris : Comme ce qui se passe dans ce moment au sujet de Marat, est le résultat de mille passions diverses et indignes de législateurs, comme on y viole tous les principes, comme on y outrage tous les droits de l'humanité et de la justice, comme l'accusé n'a pu se défendre et répondre à ses accusateurs, comme on ne lui a pas donné communication des pièces, comme je ne les connois pas moi-même, comme je regarde beaucoup de ces pièces comme fausses et où beaucoup de sujets de dénonciation sont méchamment interprétés ; comme je vois que c'est une victime livrée à l'aristocratie, à la malveillance, à Dumouriez ; comme je vois parmi ceux qui ont lancé le décret d'accusation, plusieurs de ceux qu'il a démasqués, et dont il a dénoncé les complots ; comme ils devroient se récuser s'ils ne sont pas aussi injustes que bar-

bares; comme Dumouriez, tous les conspirateurs, les tyrans et leurs vils satellites, Cobourg et tous les malveillans qui attendent de se ranger sous sa bannière, poursuivent Marat ; comme c'est une guerre à mort entre le peuple, à la cause duquel je m'attacherai sans cesse, et que je défendrai de toutes mes forces ; comme c'est une guerre à mort, dis-je, entre le peuple et l'aristocratie, les nobles, les égoïstes, les modérés, et tous les hommes vils à qui tous les gouvernemens sont indifférens, qui, sans vertu comme sans caractère, laissent la justice et tous les sentimens généreux pour courber la tete sous la tyrannie : je déclare qu'il n'y a pas lieu à accusation.

Bertezene, absent.

Henri Voulland, absent.

Aubry, oui.

Jac, absent.

Balla, absent.

Rabaut, oui.

Chazal fils, oui.

Département de la Haute-Garonne.

Mailhe, absent.

Delmas, non, quant à présent.

Projean, absent.

Perés, absent.

Julien, absent.

Calès, absent.

Estadins, oui.

Ayral, absent.

Desascy, absent.

Drulhe, absent.

Mazade, absent.

Rouzet : j'applaudis à la délicatesse de ceux de nos collègues qui se sont retenus d'opiner, parce que Marat les avoit inculpés, & j'y applaudis d'une manière d'autant moins equivoque, que je suis leur exemple. Je me permettrai cependant une observation bien simple, c'est que je me serois attendu que les membres qui ont été préconisés par Marat, et qu'on pourroit regarder pour quelque chose de plus que ses partisans, n'ont pas été aussi recherchés.

Département du Gers.

Laplaigne, absent.

Maribon-Montaut, absent.

Descamps, absent.

Cappin, absent.

Barbeau-Dubarran : Citoyens, je regarde comme impossible d'abonder dans le sens d'une délibération où l'on a enfreint tous les principes de justice et de morale. C'est lorsqu'il s'agit d'accuser un représentant du peuple, de le priver de sa liberté, d'attaquer directement la représentation nationale, c'est précisément alors que l'on semble prendre à tâche d'éloigner tous les moyens d'instruction propres à éclairer l'opinion d'un juge. Refus d'impression du rapport avant qu'on ait fait passer le décret d'accusation dont il contient le projet ; refus d'ajournement à un délai quelconque ; enfin, refus formel de laisser ouvrir une discussion calme et raisonnée sur le fond de cette affaire : tels sont les traits d'injustice, de tyrannie et d'oppression que les patriotes, les défenseurs des vrais principes ont eu à essuyer dans un combat qui se sera prolongé près de vingt heures. Voilà la position des représentans d'un peuple libre.

Eh! contre qui encore soutenons-nous une lutte aussi pénible ? Contre des hommes qui, quand il fut question de savoir si le tyran étoit jugeable, nous plongèrent dans des débats d'autant plus affligeans, qu'ils ont été vraiment funestes à la république, en ce que, pendant le cours de leur durée, on a sensiblement perdu de vue l'urgent besoin de pourvoir à sa défense.....; contre des hommes qui n'ont laissé rendre contre le tyran le jugement de mort qu'après des incidens et des délais qui devenoient interminables..... ; contre des hommes qui, aujourd'hui même, vouloient arracher le général Miranda aux poursuites du tribunal révolutionnaire, que l'on chargea hier de ce procès....; contre des hommes qui, pendant plusieurs jours, ont eu le crédit de tenir cachées les perfidies de l'exécrable Dumouriez, et de faire imposer silence aux patriotes qui vouloient les dévoiler....; contre des hommes qui, pour tout dire, ont jeté l'Assemblée depuis trois jours dans un tumulte affreux. Le résultat de ces orages ne sauroit être plus inquiétant pour la chose publique. Les ennemis nous cernent de toutes parts ; l'intérieur est en proie à des dissentions cruelles, et l'on nous force d'employer un temps précieux, dont nous devons compte à la patrie, nous l'employons à écouter des dénonciations virulentes qui ne sont que le fruit de vengeances particulières !

D'où vient donc cet acharnement sans exemple contre un citoyen qui quelquefois, je l'avoue, peut avoir professé des opinions exagérées, mais que je ne sache pas avoir commis de crimes ? à moins qu'on ne lui en fasse un, de s'être montré l'une des plus fermes colonnes de la révolution; d'avoir défendu la cause des sociétés populaires; d'avoir poursuivi sans relâche les rois, leurs courtisans, leurs créatures; d'avoir osé prédire, il y a trois mois, qu'avant le mois d'avril Dumouriez trahiroit la France; d'avoir enfin déclaré guerre ouverte aux contre-révolutionnaires, aux fripons, aux intrigans qui, ne calculant dans la révolution que leur intérêt propre, ne cherchent qu'à transiger sur la liberté du peuple, et à le livrer à la merci de vils tyrans qui l'entourent.

Le rapport fait au nom du comité ne me paroît pas suffisant pour déterminer de ma part une opinion sévère contre un homme que je ne vois pas encore coupable. Nous n'avons pu voir ni discuter les écrits sur lesquels on fonde l'accusation, et ce préliminaire est pourtant indispensable. Je le dis avec franchise, ce rapport n'a pas en soi ces caractères de candeur et d'impartialité qui doivent seuls captiver la confiance; il est l'ouvrage de la plupart de ceux-là mêmes que Marat accuse: quoique personnellement intéressés, ils se rendent à-la-fois dénonciateurs, témoins et juges. Un juré d'accusation peut-il réunir autant de rôles?

Je conclus qu'il n'y a lieu, quant à présent, au décret d'accusation contre Marat.

Laguire, absent.

Ichon, absent.

Bousquet, absent.

Moysset, absent.

Département de la Gironde.

Vergniaud, absent.

Guadet se récuse.

Gensonné se récuse.

Grangeneuve: Dumouriez n'a point nommé Marat comme ayant empêché ses projets liberticides, mais bien comme lui en ayant fourni le prétexte: je dis oui.

Jay de Sainte-Foix, non.

Ducos ne vote pas.

Garraud, absens.

Boyer-Fonfrède: Mes concitoyens m'ont loué d'avoir voté la mort du tyran; ils me loueront d'avoir demandé l'exclusion d'Orléans; ils attendent avec impatience le décret d'accusation contre Marat: je dis oui.

Duplantier, absent.
Deleyre, absent.
Lacaze, oui.
Bergoing, oui.

Département de l'Hérault.

Cambon, absent.
Bonnier, absent.
Curée, oui.
Viennet, oui.
Rouyer, absent.
Cambacérès : Je n'aime point les longs discours dans les propositions évidentes ; or, il est évident que lorsque la Convention exerce les fonctions judiciaires, elle doit laisser à chacun de ses membres toute la latitude dont il peut avoir besoin pour fixer son opinion. C'est donc une erreur en politique et en morale, que d'avoir rejeté l'ajournement vivement réclamé par plusieurs de nos collègues, et d'avoir mis aux voix par appel nominal le projet de décret, sans l'avoir soumis à une discussion préalable : nous devons nous hâter de réparer cette erreur ; nous ne devons pas craindre des mouvemens rétrogrades, lorsqu'il s'agit de nous procurer de plus grandes lumières et de prévenir des plaintes.

Les faits imputés à *Marat* ne peuvent donner lieu à une accusation ; mais aucun de nous n'ignore qu'il y a une grande différence entre les moyens qui déterminent à accuser, et ceux qui opèrent la conviction des jurés : c'est ici une raison de plus en faveur de l'examen pour lequel je vote.
Brunel, absent.
Fabre, non, quant à présent.
Castilhon, oui.

Département de Lille et Vilaine.

Lanjuinais : Les vérités de fait sont indestructibles ; elles ne cessent pas d'être vérités, pour avoir été reconnues par des perfides comme Dumouriez, ou contestées par des exaltés qui le servent : je crois, sans le vouloir. Il y a des vérités qu'on doit à sa patrie, et qu'aucune terreur, aucun respect humain, aucun sentiment d'amour-propre ou de fausse grandeur, ne doit nous empêcher de proclamer hautement : de ce nombre sont plusieurs crimes de Marat.

Il a provoqué directement et expressément, publiquement, de vive voix et par écrit, le rétablissement de la tyrannie, en demandant la dictature et le triumvirat.

Il l'a provoqué directement en appelant le poignard sur les représentans du peuple ; il l'a provoqué indirectement, en prêchant et conseillant l'anarchie, le pillage et le meurtre, après avoir souillé la cause de la liberté par l'affreuse circulaire de septembre, dont le sens est : *tuez ; nous avons tué.*

Il a encore provoqué indirectement la tyrannie en se faisant l'avilisseur perpétuel, le plus souvent le calomniateur bannal, et toujours le dénonciateur de tous les fonctionnaires, à l'exception des conspirateurs soi-disant *Egalité*, dont il étoit devenu le familier, et dont, à cette tribune, il s'est efforcé en vain d'empêcher l'arrestation, dumoins relativement a Egalité père.

D'après tous ces faits, dont j'ai, avec presque toute la république, la conviction la plus intime, ne me connoissant point le droit de faire grâce, je me croirois un lâche et un traître à la patrie, si je ne disois pas : *il y a lieu à accusation.*

Defermon , absent.
Duval , absent.
Seveftre , absent.
Chaumont , absent.
Lebreton , oui.
Dubignon , oui.
Obelin , oui.
Beaugeard , non.
Maurel , non quant à présent.

Département de l'Indre.

Porcher, absent.   Boudin, absent.
Thabaud , absent.   Lejeune , absent.
Pepin, absent.   Derazey, oui.

Département d'Indre et Loire.

Nioche : Ennemi irréconciliable de toutes les passions haineuses , ami imperturbable des règles et des principes conservateurs de la sûreté et de la liberté des citoyens, j'ai vu ces règles et ces principes violés, dans la mesure qui vous a été proposée de passer au décret d'accusation contre Marat, sans l'entendre et sans permettre qu'on examinât les pièces du procès. Je dis que la violation de ces principes seroit à peine tolérée dans l'inquisition de Goa. Je déclare donc en mon ame et conscience qu'il n'y a pas lieu à accusation, et je prononce, non.

J. Dupont, absent.

Pottier, absent.

Gardien : Comme j'ai la conviction intime que Marat est coupable; comme il faut être aveugle, égaré, ou profondément scélérat, pour ne pas voir, dans ce prétendu ami du peuple, un provocateur au meurtre et au pillage; comme je me croirois déshonoré aux yeux de la république entière, si je disois que Marat mérite une couronne civique; comme je serois indigne de la confiance de nos commettans, et que je trahirois évidemment mes devoirs et mes obligations, si, par de lâches et perfides détours, je proposois un ajournement; comme enfin les injures et les menaces des partisans de Marat ne m'en imposent nullement, non plus que les huées indécentes et scandaleuses des tribunes soudoyées : je déclare, en mon ame et conscience, que je vote pour *le décret d'accusation.*

Ruelle : On propose un décret d'accusation contre Marat, l'un de nos collègues; ce système me paroît, jusqu'à présent, injuste et contraire aux principes les plus sacrés; d'un côté, parce que les faits consignés dans le rapport qui vient d'être fait par le comité de législation, ne sont pas justifiés, et qu'il n'ont même pas été discutés; de l'autre, parce que ses accusateurs eux mêmes se sont opposés à l'ajournement vivement réclamé pour vérifier les chefs d'accusation et délibérer avec justice; enfin, parce qu'on a refusé d'entendre préablement Marat; ce qui est une violation du droit des gens, à l'égard sur-tout d'un représentant du peuple. Je déclare donc que je ne suis pas convaincu des délits imputés à Marat; que je ne dois conséquemment pas le supposer coupable; et je pense qu'il n'y a pas lieu à accusation, quant à présent, contre lui.

Champigny : Marat inculpé n'a pu faire entendre ses moyens de défense; on s'est opposé avec chaleur à la discussion de l'accusation intentée contre lui; ces motifs suffiroient pour me faire voter la négative; mais j'en ai d'autres bien déterminans.

En rapprochant les faits, j'observe que ceux qui ont mis tout en œuvre pour sauver Capet, sont les accusateurs de Marat; que ce sont les mêmes hommes qui ont plaidé, pendant plusieurs mois, en faveur du tyran, qui veulent faire condamner, sans réflexion et sans examen, celui qui vota avec énergie sa mort; j'observe que ces mêmes hommes sont d'ailleurs désignés par Dumouriez, comme ses amis; et l'accusé, comme s'opposant à ses projets perfides. D'après ces considérations, je dis avec la fermeté républicaine, que je crois voir dans l'accusation intentée, un mystère d'iniquité et non un coupable : je prononce donc *non* aussi affirmativement que j'ai dit *oui*, lorsqu'il a falu envoyer le tyran à l'échafaut.

Ysabeau, absent.
Bodin, absent.

Département de l'Isère.

Baudran, absent.
Génevois, absent.
Servonat, absent.
Amar, absent.
Prunelle-de-Lière, non.
Réal, absent.

Boissieu : Quoiqu'il soit assez difficile à l'homme même qui vit seul avec sa conscience, de bien juger si, ou non, au milieu des passions, au milieu des événemens de cette journée, et de la foule d'opinions si disparates et si empreintes en même temps pour la plupart de toute autre forme que de celle d'un jugement; quoique (dis-je) il lui soit assez difficile de juger si les passions et les événemens n'ont pas agi ou influé sur lui au moment où il se croit le plus indépendant;

Quelque douloureux qu'il soit d'ailleurs pour un représentant calme et impartial de voter au milieu de l'orage de ces passions diverses, le décret rendu m'en faisant un devoir, je ne crois pas pouvoir dire qu'en l'état, faute d'ajournement et de discussion, je ne puis voter; si d'ailleurs, je sens que je suis assez convaincu, quoique je sois forcé de prononcer aujourd'hui dans une affaire dont l'ajournement avoit été demandé, et que malheureusement on a rejeté; ajournement que j'avois fortement appuyé, ajournement que d'excellens motifs et de puissantes raisons auroient du faire proroncer, n'eût-ce été que pour chacun, d'après un examen plus réfléchi et dans le calme sur-tout de l'impartialité, comme je vais le faire, pût prononcer;

Sur le décret, quel qu'il soit qui sera rendu, entouré de telles circonstances et sur ses suites, je ne ferai aucunes réflexions; on les a toutes faites : je vous y rappelle, et je laisse à votre sagacité celles que j'aurois pu y ajouter moi-même. Ainsi, fort de ma conscience et intime conviction, me, guidant d'après elles, sans m'inquiéter des passions des autres, quelles qu'elles soient et quels que soient les sentimens qui les ont produites; sans regarder non plus si l'on pourra dire ou penser que je suis mû par aucune d'elles, ou que je les partage, je dirai, d'après l'ensemble des faits et la conviction qu'ils portent à mon ame....., *oui*.

Génissieu : Citoyens, vous n'avez pas oublié la scène malheureusement scandaleuse à laquelle Marat donna dernièrement lieu à la tribune, et où je fus acteur. Depuis, il m'a injurié dans une de ses feuilles. Je n'en ai pas de ressentiment contre lui, parce que je ne l'estime pas. Je sens donc que je pourrois voter avec impartialité; mais je ne veux pas lui fournir une arme. Le sentiment de ma délicatesse me suffiroit pour satisfaire à ma conscience, mais il faut que le public ne puisse pas en douter : par ces considérations, je m'abstiens de voter.

Charrel : Citoyens, vous avez rejeté l'ajournement ; vous avez fait une grande faute : vous auriez instruit beaucoup de membres qui sont restés dans l'incertitude; mais pour moi, Marat est assez prévenu, pour que je dise oui.

Département du Jura.

Vernier, oui.

Laurenceot, oui.

Grenot, absent.

Prost, absent.

Amyon ne vote pas.

Babey : Un opinant nous a dit que si l'on eût suivi les écrits de Marat, on auroit prévenu la faction de Dumouriez; j'en suis d'accord avec lui : mais, en s'attachant à la rigueur à ce principe, on auroit dû, par une conséquence nécessaire, couper deux cent cinquante mille têtes, nommer un dictateur, autoriser le pillage, et avilir les autorités constituées, car ces maximes se trouvent à chaque page des écrits de Marat,

Marat. Je laisse à l'assemblée à faire les réflexions qui découlent naturellement de cette observation, et je dis oui.

Ferroux-Desalin, oui.

Bonguyode : Lorsque je suis venu à la Convention, je ne croyois pas être dans le cas de donner mon opinion sur aucun de ses membres que pour applaudir à sa conduite. Puisque je suis forcé d'examiner celle de Marat, voici mes principes sur les personnes. Un représentant du peuple ne peut tenir d'autre langage que celui qui conduit à la justice, à l'humanité et à la bienfaisance. Marat a tenu un langage contraire à ces principes sacrés, en conseillant le pillage : voilà le seul fait que je connoisse. Je borne mon accusation à ce fait ; mais Marat ayant dénoncé le plus scélérat et le plus infâme des hommes, Dumouriez, il me paroît que la Convention devroit, au lieu d'un décret d'accusation, envoyer Marat à l'Abbaye.

Département des Landes.

Dartigœyte, absent.	Ducos aîné, absent.
Lefranc, absent.	Dizès, non.
Cadroy, absent.	Saurine, oui.

Département de Loire et Cher.

H. Grégoire, absent.

Chabot, absent.

Brisson : Comme je n'ai point entendu le rapport contre Marat, et qu'on a d'ailleurs violé toutes les formes dont etoit susceptible cette affaire, dans laquelle il étoit néanmoins d'autant plus indispensable de porter l'instruction et les lumières qu'elle paroît être le fruit de la passion, de la vengeance et des machinations contre-révolutionnaires les plus condamnables ; je dis quant à présent, non.

Fressine, absent.

Leclerc : Considérant que la provocation à l'insurrection, au pillage, au meurtre et à la dissolution de l'Assemblée nationale, est un crime de lèse-nation ; que Marat n'a cessé de prêcher cette doctrine infâme et meurtrière, sur-tout depuis six mois, et qu'il n'a atteint quelques vérités politiques qu'à l'aide d'une calomnie continuelle ; considérant que Marat a été entendu plusieurs fois sur les faits dont il est prévenu,

Appel nominal. E

sans pouvoir se disculper, même à l'aide de la chaleur, de la défense de ses apologistes; comme tous ces faits me sont confirmés par un rapport fidèle, et que j'en suis convaincu, même depuis la découverte d'une conspiration contre le salut public, mon avis est qu'il y a lieu à accusation contre Marat.

Venaille : Citoyens, je ne chercherai pas à disculper la conduite de Marat; je ne le connois pas, et je lis peu son journal : mais comme sur les reproches faits à Marat d'avoir, dans sa feuille du 25 ou 28 février dernier, provoqué au pillage et au meurtre, il a répondu, en ma présence, qu'il désavouoit cette feuille comme le produit de son indignation, et le fruit d'une fureur patriotique contre les accapareurs, dont l'insolence étoit montée à son comble ; et vous l'avez entendu dire à la tribune que, quoiqu'il fût contraire aux opinions d'une partie des membres de cette assemblée, dont il déteste les principes, parce qu'il les croit opposés au succès de la révolution ; cependant, s'il se présentoit quelqu'assassin contre eux, il seroit le premier à leur servir de bouclier ; comme les poursuites de ces pillages ont été renvoyées à la diligence du ministre de la justice, qui doit en faire punir les auteurs et instigateurs ; comme enfin le rapport qui a été lu à la tribune n'a été suivi d'aucune discussion, et que l'impression ordonnée ne peut avoir pour but que d'instruire l'opinion des votans, et de mettre le prévenu dans le cas de produire ses moyens de défenses, je déclare qu'il n'y a pas lieu, quant à présent, à délibérer sur l'accusation contre Marat.

Foussedoire, absent.

Département de la Haute-Loire.

Reynaud : Après l'opinion de Bonnet que je dédaigne d'appeler mon collègue, j'ai dénoncé à la Convention qu'il avoit écrit deux lettres à l'époque du jugement de Louis Capet, aux corps administratifs du département de Haute-Loire, d'envoyer la force départementale contre les députés de la montagne, et de retenir les caisses publiques. Mon collègue Fauré et moi avons dénoncé au comité de sûreté générale le fait ; et celui-ci a écrit aux administrateurs, qui ont méprisé la réquisition du comité.

Lorsque mes commettans m'ont revêtu du pouvoir de législateur, ils m'ont fait jurer de défendre les intérêts du peuple, sa liberté et son indépendance. Pour répondre à sa confiance, j'ai voté pour la mort du tyran, rassasié du sang des Français : me voilà donc acquitté en partie. Aujourd'hui, Marat, défenseur chaud et ami dévoué du peuple, est accusé ; s'il est coupable, je déclare que je n'en suis pas convaincu par le rapport qui me paroît dicté plutôt par la vengeance, la haîne et la tyrannie, que par la justice, puisqu'à son égard on viole les principes et les formes. Au surplus, bien éloigné d'augmenter le nombre des complices de Dumouriez et consorts, qui poursuivent aujourd'hui la tête de Marat, parce qu'il leur a arraché le masque hypocrite du patriotisme, ce qui est démontré par des pièces dont on a refusé d'entendre la lecture, je dis non.

Faure, absent.

Delcher, absent.

Rougier, absent.

Bonnet fils, oui.

Camus, absent.

Barthélemy, oui.

Département de la Loire-Inférieure.

Meaulle : Citoyens, depuis quelques jours nous oublions le salut de la République, et nous suivons la route où veulent nous égarer nos ennemis les plus perfides. Ce sera une époque remarquable dans l'histoire de notre révolution, que celle où Marat aura été décrété d'accusation, au moment même où ses prophéties funestes viennent de se réaliser. Marat vous a dit sans cesse que Dumouriez trahiroit sa patrie avant le mois d'avril ; la trahison vient d'éclater dans le temps marqué, et c'est lorsque son opinion devoit triompher, que sa perte semble plus assurée. Si Marat a commis des erreurs, s'il s'est quelquefois égaré, ne lui devriez-vous aucune reconnoissance, pour les conseils salutaires que vous n'avez écoutés que trop tard ?

Mais examinons froidement les faits qu'on lui impute.

D'abord, on rappelle ici qu'il a excité au pillage. Sur cela, vous avez renvoyé la connoissance du délit au tribunal du département de Seine et Oise : est-il possible que vous fassiez aujourd'hui un chef d'accusation d'un fait de la connoissance duquel vous vous êtes déjà dessaisi ? Vit-on jamais accuser le même homme pour le même fait, devant deux tribunaux ? La

E 2

déclaration des droits permettroit-elle donc de faire juger et d'accuser itérativement un citoyen?

On reproche à Marat d'avoir provoqué au meurtre. Cette allégation est vague : mais supposons que vous puissiez la préciser. Eh bien ! la provocation n'a été suivie d'aucun effet; et avant la loi que vous avez rendue tout récemment, la simple provocation ne pouvoit être imputée à crime. La liberté de la presse étoit illimitée. Marat a-t-il fait quelque provocation depuis votre loi? Non, sans doute. Comment donc voudriez-vous le faire juger sur une loi postérieure au délit? La déclaration des droits ne le permet point encore. Mais vous oubliez que vos décrets d'accusation ne peuvent être fondés que sur des crimes de haute trahison et de conspiration. Il ne vous appartient pas d'accuser les citoyens pour des délits particuliers, tels que vos prétendues provocations au meurtre et au pillage. Ici vous devriez bien moins envisager l'homme que la nature des crimes qui font la matière de cette discussion, où les passions l'ont emporté sur le sang-froid.

Mais venons-en donc aux conspirations. J'en connois deux : la première a été formée antérieurement au jugement du tyran: elle étoit dirigée contre les membres qui siégent à la montagne, où je ne me place point. J'en ai eu connoissance, et j'ai frémi d'horreur : elle a failli être consommée au sein même de la Convention. Laissez donc enfin instruire cette affaire, où Barbaroux se trouve compliqué.

Il est encore une autre conspiration : c'est celle de Dumouriez ; celle-ci est vaste et compliquée : elle n'est peut-être que la suite de la première. Marat a poursuivi, avec une persévérance infatigable, le traître Dumouriez ; et vous prétendez, avant de vous occuper des hommes accusés par Marat, le mettre lui-même en jugement. Vous allez lui lier les pieds et les mains, afin qu'il ne puisse agir contre les conspirateurs. Vous changez l'accusateur en accusé. Vous dites que Marat est complice de Dumouriez : mais cela n'est pas facile à persuader...... Eh ! si vous aviez voulu entendre la lecture des pièces qui vous ont été présentées par votre comité de sûreté générale, vous eussiez eu connoissance d'une lettre écrite à Dumouriez par un particulier de Paris, dans laquelle on félicite le traître sur l'arrestation de vos quatre commissaires, et on lui témoigne le regret de ne pas y voir Danton, Roberpierre et Marat, en lui assurant qu'ils touchent à l'échafaud. Jugez donc maintenant si Marat est le complice de Dumou-

riez..... Jugez si vous servez bien celui qui trahit la nation.....
Jugez si vous n'entrez point dans ses vues de dissoudre la
représentation nationale, en l'attaquant dans la personne d'un
député. Pour moi, je ne vois dans les circonstances où nous
nous trouvons, et à travers toutes les intrigues qui nous en-
veloppent, je ne vois, dis-je, qu'une victime immolée à Dumouriez et aux tyrans qui conspirent avec lui. Au reste, je
soutiens toujours qu'en principe, vous ne pouvez accuser
Marat sans faire juger d'abord ceux qu'il a accusés, et je ne
suis nullement d'avis du décret d'accusation que l'on vous
propose contre lui.

Lefebvre , absent.
Chaillon, oui.
Melinet, absent.
Villers , absent.
Fouché, absent.
Jarry, oui.
Coustard , oui.

Département du Loiret.

Gentil : Citoyens, depuis que je suis à la Convention, j'ai
malheureusement reconnu qne Marat étoit plus fort qu'elle;
ce que je vois aujourd'hui, m'en convainc encore plus que jamais : un décret d'accusation contre lui me semble donc une
mesure qui ne sera pas plus exécutée que celle de son envoi
à l'abbaye : je la crois donc par cette raison au moins inutile, et je ne consens pas facilement à me décider pour ce
qui est inutile : je déclare donc que je ne vote pas.

Garran : J'ai annoncé mon opinion pour l'accusation, sur le
fond de la question ; mais mon opinion n'est rien auprès des
principes conservateurs de la liberté. Je me suis toujours
opposé aux délibérations tumultueuses qui sont influencées
par les passions. J'ai toujours cru qu'il étoit impossible
que des décrets rendus parmi des orages si violens, eussent
les caractères d'impartialité qui peuvent seuls en garantir
la justice et la sagesse au peuple. Cette vérité me paroît
plus incontestable encore, quand il s'agit de statuer sur
les personnes ; quand les détails dans lesquels sont entrés
plusieurs des votans, peuvent avoir changé des opinions ;
quand plusieurs de nos collègues observent qu'ils n'ont pas

E 3

entendu le rapport ; quand une séance si long-temps prolongée , après tant d'autres , ne permet plus de jouir de toutes ses facultés ; quand, excédé des dernières veilles, je n'ai pu, malgré tous mes efforts, me soustraire au sommeil. Dans l'état actuel des choses, je demande aussi l'ajournement et le renouvellement immédiat de la Convention , qui ne me paroît plus capable de sauver la chose publique.

Lepage , absent.

Pellé , absent.

Lombard-Lachaux , absent.

Guérin , non.

Delagueulle: Comme je n'ai pas entendu le rapport, je ne crois pas pouvoir, en ce moment, donner un avis justement motivé. Ainsi, je demande, sur cette question, l'ajournement et une plus ample discussion ; et provisoirement, je déclare qu'il n'y a pas lieu à accusation, par le principe avoué de tous les législateurs et de tous les amis de la patrie , que, dans le doute, il faut se déterminer pour le plus doux , et pour la décharge de l'accusé.

Louvet , se récuse.

Léonard Bourdon , absent.

Département du Lot.

Laboissière , absent.

Cledel , absent.

Salleles , oui.

Jeanbon-Saint-André , absent.

Monmayou , absent.

Cavaignac : Je déclare que je ne prononcerai, sur le compte de Marat, qu'autant que je verrai qu'on observera , à son égard , les principes et les formes conservatrices des droits de tout accusé , et qu'il aura joui de la faculté que vous n'avez pas refusé à Dumouriez lui-même ; car , remarquez bien , citoyens, qu'avant de décréter ce traître d'accusation , vous l'avez mandé à votre barre, lors même que vous étiez convaincus de sa scélératesse.

Je déclare donc que je ne vote pas, quant à présent.

Bouygues , oui.

Delbrel , absent.

Albouys , oui.

Département de Lot-et-Garonne.

Vidalot : Je n'ai jamais su composer avec ma conscience.

Dans Lafayette, ma conscience m'a montré un traître, un audacieux contr-révolutionnaire. J'ai constamment voté contre Lafayette, jusqu'au décret d'accusation, inclusivement.

Dans Louis Capet, ma conscience m'a montré un roi perfide, le chef des contre-révolutionnaires. J'ai constamment voté contre Louis Capet, jusqu'au décret de mort, inclusivement, sans appel, sans sursis, sans amendement quelconque.

Dans Marat, ma conscience me montre un ennemi déclaré de toutes les lois, et conséquemment du peuple, dont il a l'audace de se proclamer *l'ami*... un impudent provocateur au meurtre, au pillage... le persécuteur acharné de la Convention nationale, qu'il a perpétuellement cherché à troubler, à diviser, à avilir, à faire égorger....

Avec la même fermeté, le même courage que j'ai opiné contre un général et contre un roi conspirateur, je vais donc opiner contre Marat, et malgré les vociférations, les hurlemens, les outrages dont on m'accable de toute part, en dépit des poignards que je brave, je dis, *oui...* mille fois *oui.* Il y a lieu à accusation contre Marat.

Signé, Vidalot, qui a demandé acte de la révolte ouverte des tribunes et de la violation, en sa personne, de la représentation nationale.

Laurent, absent.
Paganel, absent.
Claverie, absent.
Laroche, absent.
Boussion, absent.
Guyet-Laprade, oui.
Fournel, oui.
Noguer, oui.

Département de la Lozère.

Barrot : J'ai déjà voté l'ajournement de la discussion jusqu'après l'impression et la distribution du rapport fait contre Marat ; et d'après les motifs qui m'ont déterminé à émettre ce vœu, je déclare que je ne puis voter, quant à présent, ni pour, ni contre le décret d'accusation contre Marat.

Château-Neuf-Raudon : Je partage avec mes collègues de la montagne, l'indignation que nous éprouvons tous sur la manière précipitée, passionnée et injuste, avec laquelle l'on a présenté le rapport et le décret d'accusation contre Marat : en conséquence, je dis non... Mais, citoyens, ne croyons pas que cette fatale journée soit perdue pour la chose publique. Les départemens dont on a cherché depuis long temps à prévenir l'opinion contre les fermes et chauds amis de la liberté et de l'égalité, dont les sentimens que je partage seront inaltérables jusqu'à a mort, les départemens, dis-je, vont ouvrir les yeux ; et le peuple souverain jugera définitivement enfin quels sont les vrais complices de Dumouriez et les ennemis de la République.

Servière, absent.

Monestier : Citoyen, il s'agit non-seulement d'un accusé, mais d'un représentant du peuple. En considérant Marat sous ce dernier rapport, je pense non-seulement que les délits qu'on lui impute, devroient être connus de la nation entière, dont il est le mandataire, mais je dirai, ce me semble avec plus de fondement, qu'ils devroient être connus, démontrés à la Convention entière qui va le juger. L'état de l'Assemblée dément victorieusement ce fait, puisque les délits imputés sont convenus par les uns, et contestés par les autres de ses membres. Je dirai en outre que Marat auroit dû être entendu, non-seulement comme représentant, mais comme tout accusé a le droit de l'être. Il ne l'a pas été, et j'en conclurai avec raison que les principes de la justice et de la probité, ceux sur-tout de la liberté politique et individuelle, la violation eu un mot de ces principes et de toutes les règles, ne me permettront jamais d'émettre une opinion qui préjugeât coupable un individu quelconque, même le fût-il. J'ajouterai que dans les circonstances actuelles, ce seroit la mesure la plus funeste à l'établissement de la République, que de porter atteinte à la représentation nationale ; et sous tous ces rapports, je conclus au rejet de l'accusation contre Marat.

Pelet, non.

Departement de Maine-et-Loire,

Choudieu, absent.
Delaunay (d'Angers) l'aîné, absent,
Dehouillière, oui.

Revellière-l'Epeaux, oui.
Pilastre, oui.
Lecler, oui.
Daudenac, aîné, absent.
Delaunay, jeune, absent.
Perard : Pour l'honneur de la Convention, et pour la conservation des principes, je dis, non.
Daudenac, jeune, oui.
Lemaignan, oui.

Departement de la Manche.

Gervais-Sauvé : Lorsque la discussion s'est ouverte au commencement du rapport du comité de législation, j'ai été nécessité de sortir pour réparer mes forces épuisées. Lorsque je suis rentré, la lecture du rapport étoit faite. On a mis aux voix l'ajournement ; j'ai voté pour l'ajournement. Quoique je croye Marat coupable, je ne peux prendre sur ma conscience de prononcer le décret d'accusation, sans être instruit des délits qu'on lui impute, et consignés dans le rapport : je conclus donc à l'ajournemement.
Poisson, oui.
Lemoine : N'ayant entendu que les accusations qui ont été portées contre Marat, sans que ses accusateurs ayent voulu permettre qu'elles lui fussent au moins communiquées, et qu'il fût entendu dans ses réponses, je dis qu'il ne peut pas y avoir lieu à admettre de pareilles accusations, quant à présent, contre un Républicain dont Louis Capet et toute sa cour, Lafayette et Dumouriez ont desiré tant de fois de boire le sang jusqu'à la dernière goutte ; et je répéte : non.
Letourneur, absent.
Ribet, absent.
Pinel, oui.
Lecarpentier, absent.
Havin, absent.
Bonnesœur, oui.
Engerran, oui.
Bretel, absent.
Laurence de Villedieu, oui.
Michel Hubert, oui.

Département de la Marne.

Prieur, absent.

Thuriot, absent.

Charlier : Un membre a demandé avant l'appel nominal qu'il soit permis à chacun des représentans du peuple, de motiver son vœu.

La question préalable a été mise aux voix et décrétée.

Delacroix (Charles) : L'adresse des jacobins, souscrite par Marat, ne me paroissant pas présenter un corps de délit ; le rapport du comité me paroissant évidemment dicté par la prévention et par la haine, l'accusation n'ayant point été communiquée à Marat, votre précipitation me mettant dans l'impossibilité de les vérifier moi-même, je ne veux pas violer tous les principes de la justice éternelle ; je ne serai pas l'écho de Cobourg et de Dumouriez ; je m'abstiens de voter quant à présent.

Deville : Les aristocrates de toutes les époques ont toujours dit du mal de Marat, ont toujours persécuté Marat ; en conséquence, je vote qu'il n'y a pas lieu à accusation contre Marat.

Poulain, oui.

Droüet : La liberté de mon pays est le seul mobile de toutes mes actions ; mes commettans, certains de mon attachement aux principes républicains qui font la base de notre révolution, m'ont envoyé ici pour discuter leurs intérêts, et non pour être l'agent d'une faction. Je me croirois indigne de ma mission, si je m'aboissois à servir un parti qui est parfaitement d'accord avec les ennemis de la république.

On demandé un décret d'accusation contre marat ; je déclare que je le regarde comme un homme qui, par son exaltation, nuit beaucoup aux vrais patriotes ; mais aussi, je dis que ceux qui demandent contre lui ce décret d'accusation, ne raisonnent pas autrement que Dumouriez, le roi de Prusse, le roi de Hongrie, et généralement tous les tyrans et les aristocrates qui se trouvent disséminés sur la surface de la terre.

En conséquence, je crois qu'un homme simple et de bonne foi, ne doit jamais être d'accord avec ces ennemis de la liberté des peuples.

C'est pourquoi je m'oppose au décret d'accusation contre un représentant de la nation, dont tout le crime est d'avoir vomi des injures, et dit des vérités terribles contre les ennemis de la république. Si ce décret passe, j'en appelle à l'opinion publique.

Armonville : Comme ayant vu dans cette assemblée violer les lois les plus sacrées, ainsi que la sûreté de la représentation nationale dans la scélératte personne de Deperret, indigne d'être représentant de la nation française par son action criminelle, en tirant son épée contre la montagne, soustrait à un décret d'accusation par les amis de Dumouriez, qui ont déshonoré la nation, en passant à l'ordre du jour, me fait connoître une conspiration ; donc, je me croirois indigne de vivre, si j'imitois leur scélérate conduite. Je dis non.

Blanc, oui.

Battelier : Citoyens, je ne serai jamais dissemblable à moi. J'ai, comme un autre, mon opinion morale et politique sur Marat ; mais je m'oppose de toutes mes forces à la violation des principes éternels de la justice. Je ne connois pas les écrits reprochés à mon collègue. Je ne connois pas non plus le rapport du comité de législation, mais ce que je connois bien, c'est qu'on ne doit pas accuser légèrement et sans un mûr examen, un représentant du peuple ; en conséquence, je ne puis voter quant à présent pour le décret d'accusation sollicité contre le citoyen Marat.

Département de la Haute-Marne.

Guyardin : Il y a quatre ans que Marat est régulièrement dénoncé par les principaux personnages qui ont successivement occupé la scène de la contre-révolution.

En 1790 et 1791, les Malouet, les Maury, les Cazalès l'accusèrent de prêcher le meurtre et le pillage. Robespierre, Pétion et Buzot le défendirent. Ils combattoient alors de front au haut de la montagne ; j'étois à leurs côtés, et nous triomphâmes ; Marat n'étoit pas au nombre des représentans du peuple, et le seul principe de la liberté de la presse suffit à sa justification.

En 1792, les Ramond, les Vaublanc, les Becquet renouvelèrent la même accusation. La Fayette leur promettoit l'appui de l'armée qu'il commandoit. La montagne le défendit encore, et les Vergniaud, les Guadet, les Gensonné qui y siégeoient alors, adhérèrent au torrent ; Marat fut accusé, mais bientôt ses concitoyens le vengèrent par son élection à la convention.

Aujourd'hui Dumouriez, plus audacieux que la Fayette ; menacé comme lui la montagne, et demande pour première victime Marat qui l'habite cette fois. Pétion, Buzot, Verguiaud, Guadet, Gensonné, qui l'ont désertée, appuient la dénonciation de Dumouriez. Pour moi, fidèle aux principes qui sont les bases de la révolution, je suis rentré sur la montagne dans le camp retranché de la liberté et de l'égalité, résolu de le défendre jusqu'à la mort. Pour nous vaincre, on cherche à nous diviser, et l'on profite du moment où plus de cent de nos frères d'armes sont dispersés sur la surface de la république ; mais pour résister encore avec succès, nous nous serrerons de plus près, et formerons un rempart formidable. Je ne veux pas qu'on en détache une seule pierre, à moins que, dans sa chûte, elle ne dût écraser une colonne de Prussiens, d'Autrichiens, ou des milliers de leurs partisans.

Je pense que l'on peut reprocher à Marat des égaremens d'esprit, mais je ne le crois coupable d'aucun crime, et je dis non.

Monnel : Jusqu'à ce que Marat ait été entendu, jusqu'à ce que les pièces de conviction qu'on lui oppose lui ayent été représentées, jusqu'à ce que le rapport du comité qui l'inculpe ait été discuté, je dis non.

Roux, non.

Valduche, absent.

Chaudron, absent.

Laloy : Citoyens, je viens remplir une fonction aussi auguste que pénible. Vous m'appelez pour accuser un de mes collegues ; mais je n'apperçois, ni faits, ni pièces, et je m'arrête sur les allégations.

Je vais parler en républicain, par conséquent en homme impartial.

Je ne vois point Marat dans cette affaire ; je ne vois qu'un représentant du peuple français.

C'est à ce seul titre qu'il est dénoncé à la Convention ; et le fait sur lequel pose cette accusation, ne lui est pas personnel, et ne peut lui être imputé.

Ne parlons pas des autres faits ; ils ont été empruntés, travaillés, altérés pour colorer un rapport qui respiroit la passion : d'ailleurs, l'accusation ne pouvoit, ni ne devoit avoir ces faits pour base, puisque d'une part ils avoient servi de motifs à une dénonciation renvoyée devant les tribunaux ; que d'un autre côté, on a refusé la lecture des pièces en faveur de cet accusé.

Je dis donc qu'il n'y a pas lieu à accusation.

Waudelincourt, absent.

Département de Mayenne.

Bissy, jeune, absent.

Esnue (Joachim), absent.

Grosse-Durocher : Citoyens, je crois qu'il est impossible à un honnête homme de condamner Marat, sans l'avoir entendu. C'est pourquoi je dis qu'il n'y a pas lieu à accusation, quant-à-présent.

Enjubault : Comme je déteste les provocateurs au meurtre, au pillage et à la dissolution de la Convention nationale ; que je déteste également les tyrans, sous quelque dénomination que ce soit, ainsi que ceux qui veulent soutenir leur cause ; comme Marat, contumax, est en révolte avec les lois, je dis, oui.

Serveau, oui.

Plaichard-Chottière, oui.

Villards, oui.

Lejeune (René-François), oui.

Département de la Meurthe.

Salle : Marat m'a fait l'honneur de me nommer personnellement dans ses feuilles : il m'a proscrit ; ce matin encore, il m'a dénoncé dans sa lettre à l'Assemblée : je n'en ai éprouvé aucun ressentiment ; et si je prononçois, je me rends cette justice, que ce seroit sans passion. Marat n'est pas devenu plus innocent à mes yeux depuis le 26 février, jour auquel je demandois contre lui le décret d'accusation pour avoir provoqué les pillages de la veille ; mais je dois à ma délicatesse de ne pas laisser le moindre doute sur mes intentions : je prie l'Assemblée de me permettre de ne pas voter.

Mallarmé : Vous exigez que je vote sur une question de fait que je prononce sur un objet des plus importans, puisqu'il est relatif à la représentation nationale, sans qu'au préalable l'accusé ait été entendu sur toutes les inculpations qui lui sont faites ; et vous exigez que j'émette mon vœu après une simple lecture, et la lecture rapide d'un rapport fait dans un court intervalle, depuis que l'accusation a été intentée. Je déclare que je ne le puis quant à présent; que je voudrois, avant tout, l'impression du rapport, et l'ajournement de la question à un délai court. Marat est en état d'arrestation : la chose publique ne peut péricliter, quand on différeroit de quelques jours. Des faits plus graves ont été posés contre Louis - Philippe, ci - devant duc d'Orléans, et la Convention nationale a cru, dans sa sagesse, devoir différer son décret d'accusation contre lui. J'ai d'autant plus de raison à demander l'ajournement, que, depuis long-temps, il est constant que la Convention nationale est agitée par des passions, des haines particulières, que, depuis quatre jours, le trouble est porté à son comble; que, mercredi dernier, on a vu beaucoup de membres du côté droit se porter avec fureur contre Danton, au moment où il alloit à la tribune s'expliquer sur une motion d'ordre; que, le lendemain, une grande partie du côté droit s'est avancée sur les membres qui siégent à la montagne; que l'un d'eux a osé tirer le sabre, et menacer les députés qui siégent à cet endroit; que, malgré les justes réclamations de beaucoup de membres contre cet attentat, la Convention nationale est passée à l'ordre du jour; qu'hier seulement on a accusé notre collègue; qu'au même instant, sans aucune vérification, sans aucun examen, j'ai vu tout un côté manifester la passion, et crier au décret d'accusation. Tous ces faits me donnent les plus grands soupçons, et me déterminent à déclarer qu'il n'y a pas lieu à prononcer le décret d'accusation contre Marat quant à présent, puisque la Convention a rejeté l'impression du rapport et l'ajournement à un délai suffisant pour nous instruire, et nous procurer tous les renseignemens nécessaires.

Levasseur, absent.

Mollevault, oui.

Bonneval, absent.

Lalande, absent.

Michel, absent.

Zangiacomi, fils, oui.

Le président proclame le résultat de l'appel nominal; sur 360 votans, 220 ont voté pour le décret d'accusation; 92 ont voté contre; 41 ont déclaré n'avoir point de vœu quant à présent; 7 ont demandé l'ajournement.

A PARIS, DE L'IMPRIMERIE NATIONALE.

Nota. Cet appel a commencé fort avant dans la nuit, et ne s'est terminé que le lendemain à sept heures du matin.

PAGE 13. Après Fabre, *lisez* absent, et transportez l'opinion à la page 60., à la suite du nom de Fabre, député de l'Hérault.

Même page. Après Cassanyes, *lisez*, d'après le rapport du comité de législation, appuyé par des preuves qu'on devra tirer des différens Nos du journal de Marat, que j'ai lus dans le temps et dont j'ai pleine mémoire, il résulte qu'il y a de fortes suspicions contre Marat. Un homme accusé n'est pas jugé, il a toujours le droit de se défendre par-devant le tribunal. Je dis, oui.

Page 17. Salomon, *lisez* Salmon.

Page 18. Opinions d'Audouin.... Comme je suis convaincu qu'il a été poursuivi par Necker, qu'il a dévoilé, *lisez*, qu'il avoit dévoilé.

Par des hommes qui, n'ayant pu marcher en tête du tyran, *lisez*, qui, n'ayant pu arracher la tête du tyran, etc.

Page 24. Opinion de Lesterpt-Beauvais... et je ne puis pas opiner, *lisez*, et je ne sais pas opiner.

Page 38. Opinion de Louchet..... Un peu exaspéré par les infâmes trahisons auxquelles le peuple est en proie depuis quatre ans; mais je regarde Marat comme un homme révolutionnaire, etc., *lisez*, je regarde Marat comme un homme exaspéré par les infâmes trahisons auxquelles le peuple est en proie depuis quatre ans, mais révolutionnaire, etc.

Page 49. Opinion de Pinet ainé; lig. 3, après le mot *convaincu*, supprimez le point et la virgule.

Même page, lig. 17, de la même opinion, après ces mots *ses opinions*, supprimez le mot *j'ai*, et substituez-y les suivans, *je déclare qu'ayant.*

Même page, lig. 19, après ces mots, *scélerats complices*, supprimez les suivans, *je déclare que*, ainsi que le point et la virgule, à la place desquels il faut une simple virgule.

Opinion de Cambacérès, dernier alinéa : les faits imputés à Marat ne peuvent; *lisez*, les faits imputés à Marat peuvent.

Page 56. Blad, *au lieu de* absent, *lisez* oui.

Page 60. Fabre, *au lieu de* non quant à présent, *lisez*, l'opinion qui a été mal-à-propos appliquée à Fabre du département des Pyrénées-Orientales.

Page 64. Grenot, *au lieu de* absent, *lisez* oui.

Page 72. Pelet, *au lieu de* non, *lisez* absent.

Paris, le 24 avril, l'An deuxième
de la République française.

CITOYEN-PRÉSIDENT.

Attaqué depuis plus de quinze jours d'un rhume violent, je n'ai pu assister à toute la séance d'hier; arrivé à dix heures, j'y suis resté jusqu'à pareille heure du soir sans interruption. Ne voulant pas laisser ignorer mon opinion relative au décret qui a, hier, donné lieu à l'appel nominal, je te prie donc, Citoyen-Président, de déclarer pour moi à l'Assemblée, qu'étranger à toute faction, et n'ayant pour but que le salut de ma Patrie, je me serois bien gardé de me prêter à la violation des principes, en portant un décret d'accusation sans une discussion préalable. Je ne vois en rien les hommes, mais par-tout les choses; et je préférerois la mort à donner jamais les mains au renversement des principes et de la justice.

ANDRÉ DUMONT, Député de la Somme.

Paris, 14 avril, l'An deuxième
de la République.

PRÉSIDENT,

Indisposé depuis dix jours, et n'ayant pu rester, hier, que quelques heures à la Convention, je n'ai su que ce matin les débats et l'appel nominal qui ont eu lieu cette nuit, et où, quelque chose qui eût pu m'en arriver, je me serois fait porter si j'en avois eu connoissance; mais je dois compte à mes commettans et à mes collègues, et des raisons qui m'ont empêché d'assister à la délibération, et même de l'opinion que j'en ai en en l'appprenant.

Habitué depuis long-temps à me ranger toujours sous la bannière, non *d'un homme*, mais des principes, des principes seuls, je n'aurois jamais pu me résoudre sur la parole d'un rapporteur qui a pu mal voir et se tromper, ou même d'un comité qui peut également avoir mal envisagé les objets et se tromper aussi, je n'aurois jamais pu, dis-je, me résoudre à porter un décret d'accusation contre un homme qu'on auroit refusé d'entendre sans une discussion préalable qu'on auroit même refusé d'ouvrir; j'aurois craint de paroître partager des préventions, des animosités, des passions: sans doute il faut que les coupables soient punis; mais les principes et la justice marchent avant tout, et comme l'ont observé Lacroix et plusieurs membres, ils me paroissent avoir été méconnus ou totalement oubliés dans le refus qu'on a fait d'entendre la défense de l'accusé, et d'ouvrir une discussion sur les faits allégués contre lui, discussion à laquelle les principes et la justice ne permettoient pas de s'opposer.

Je déclare donc à mes commettans et à mes collègues que, si j'avois été présent, j'aurois rejeté le décret d'accusation contre Marat, dans l'état où étoit la question; je déclare qu'aujourd'hui si je n'étois retenu forcément chez moi, j'en demanderois le rapport de vive voix, et que je le demande par écrit, fondé sur ce que le décret a été rendu contre tous les principes et contre le réglement même de l'Assemblée qui ne permet d'en porter qu'après une discussion préalable; certes, on étoit plus indulgent hier matin pour Miranda qui, loin d'avoir dénoncé Dumouriez, en est presque sûrement le complice.

Je te prie donc, Président, de donner connoissance à la Convention, de ma lettre, de ma déclaration et de ma demande en rapport qui, j'aime à le croire, sera appuyée. Je te prie de plus, de demander pour moi à l'Assemblée qu'on me compte, à l'appel nominal, au nombre de ceux qui se sont refusés à une injustice.

Signé, CHARLES DUVAL, député du
département de l'Ille-et-Vilaine.

n° 17

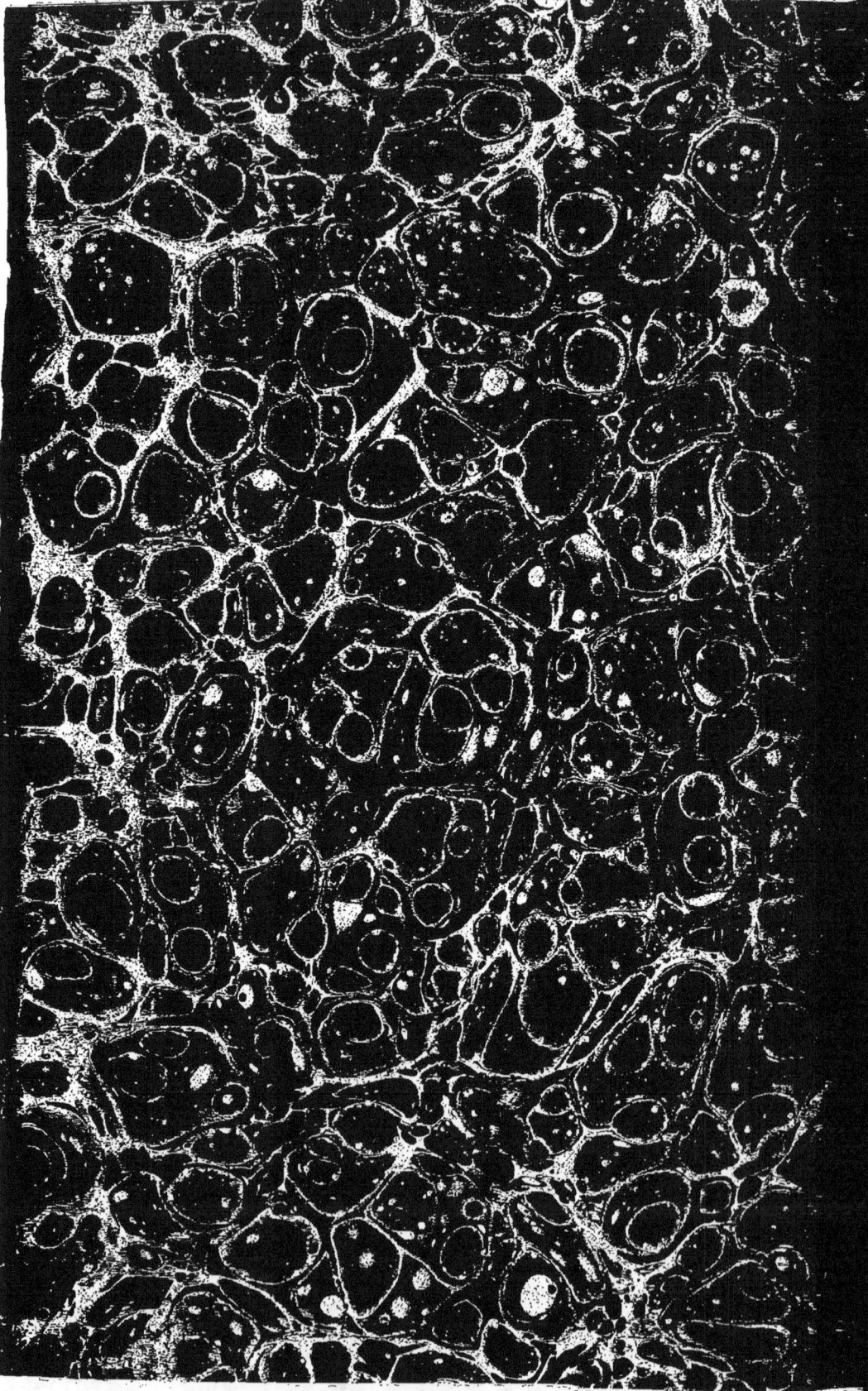

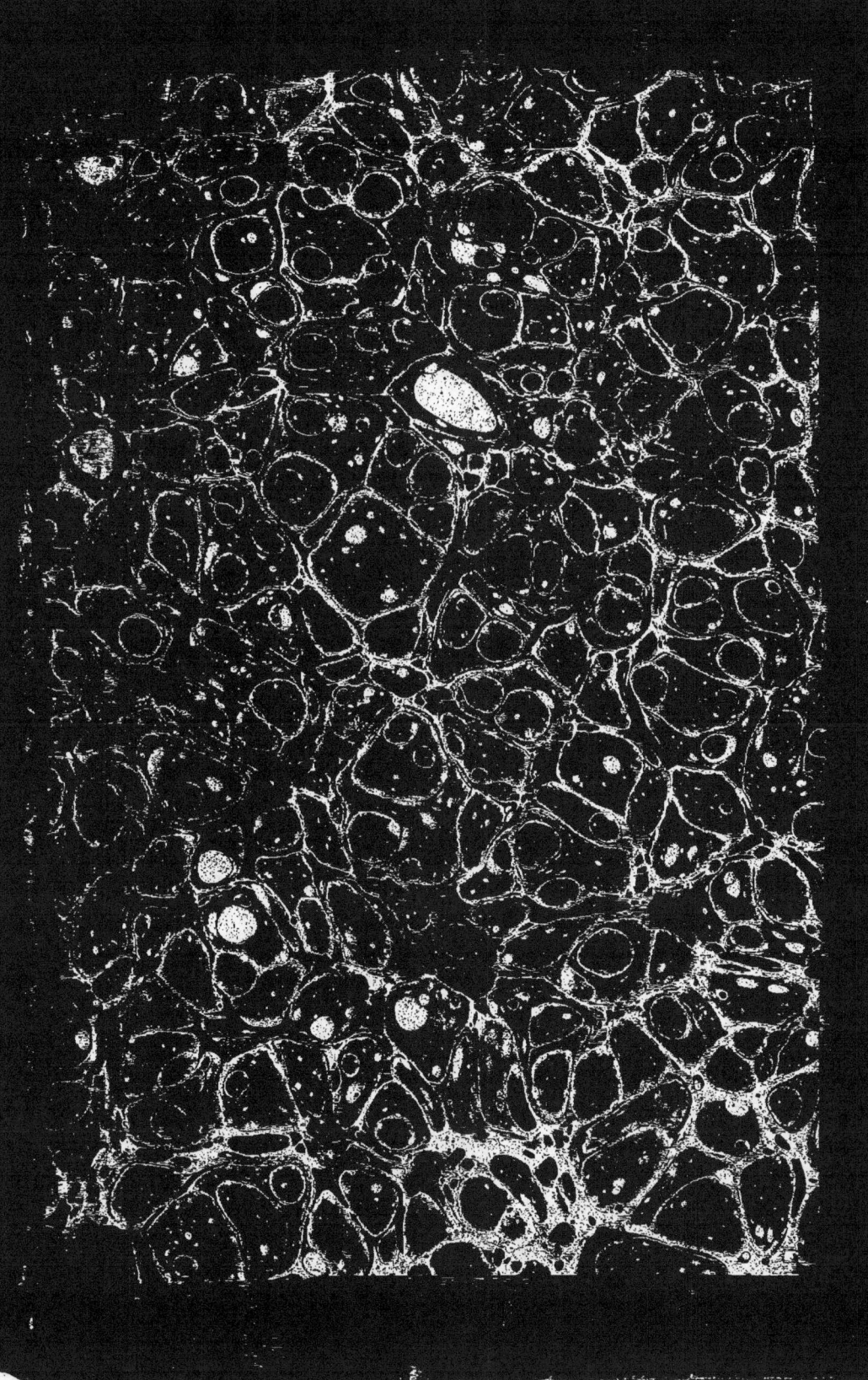

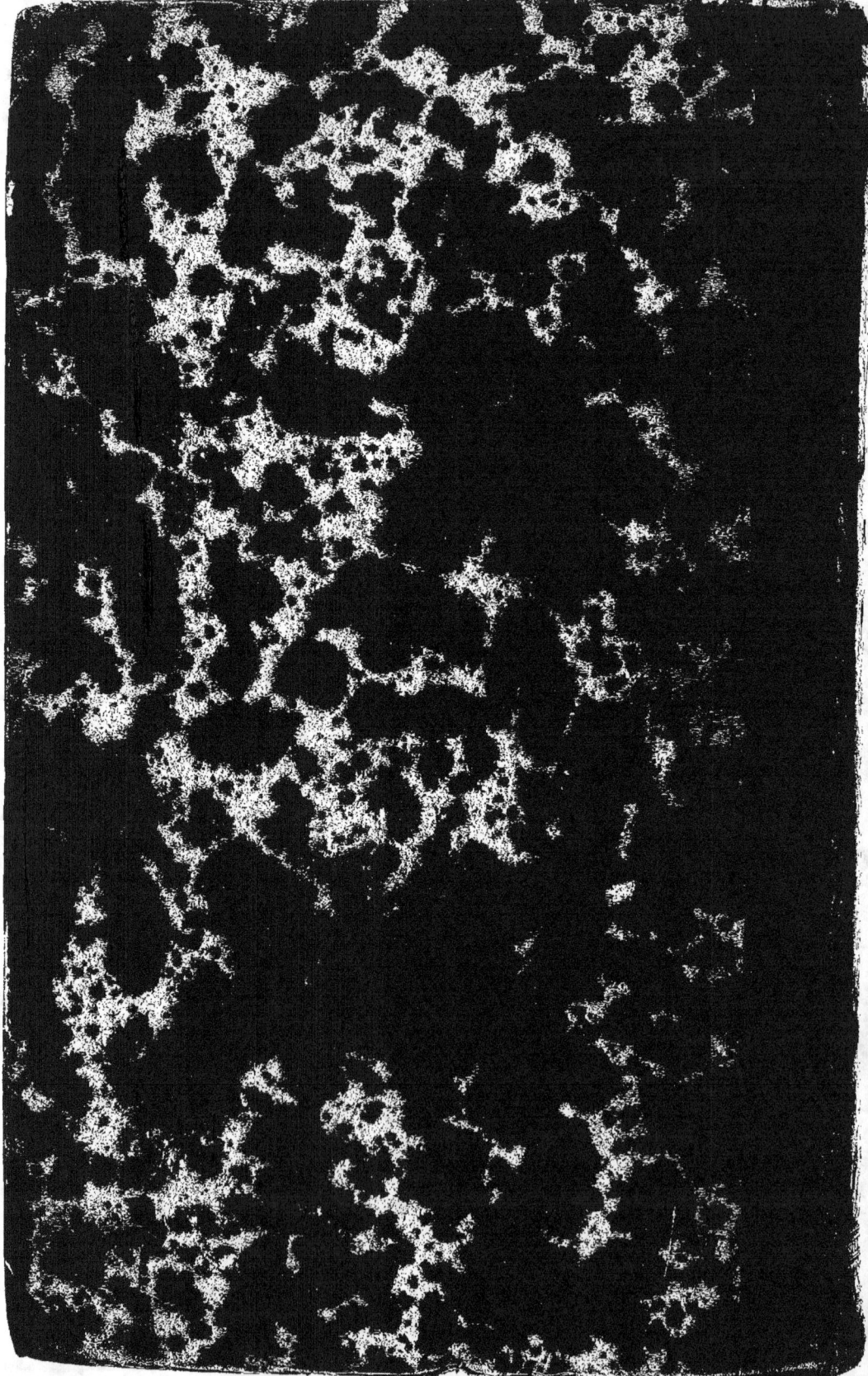

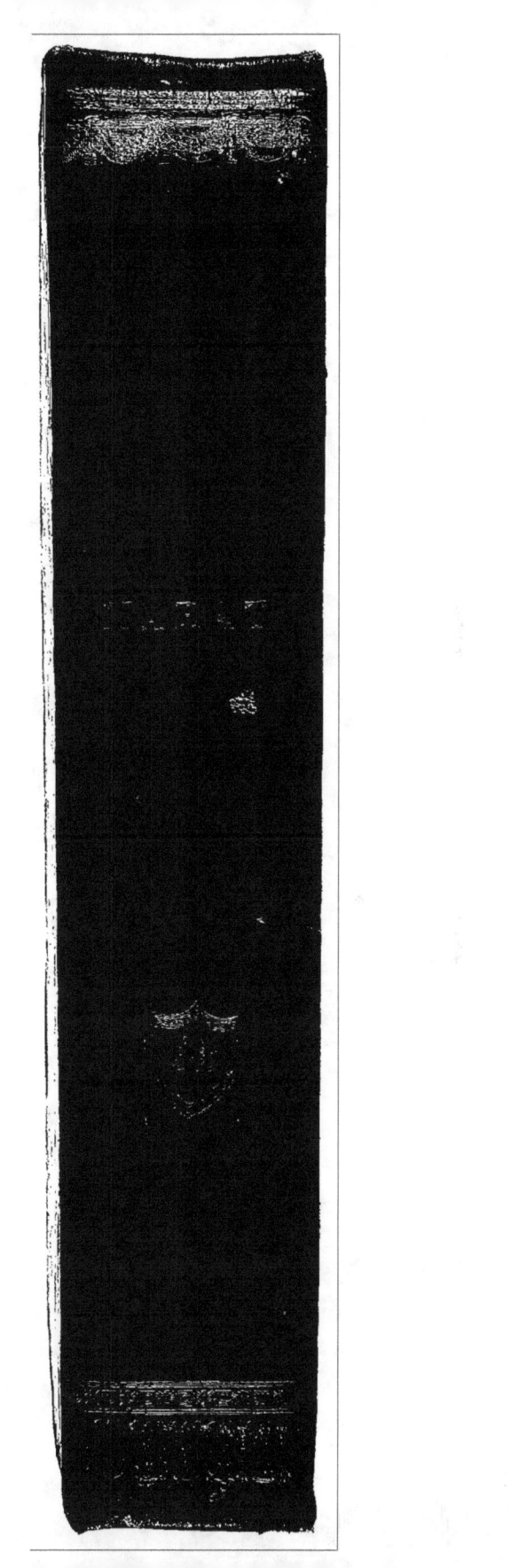

www.ingramcontent.com/pod-product-compliance
Lightning Source LLC
Chambersburg PA
CBHW060436260626
47161CB00005B/1953